마술학원생활 ✳ Scene.2
크레이프 가게에서 군것질

"크레이프
맛있어."

"한 입만 줘~."

"이, 이러지 마셔요!"

미쉘

니콜의 소꿉친구. 천진난
만하고 활달한 시골 소녀.
먹는 것에 관심이 많다.

영웅의 딸로 환생한 영웅은 다시 영웅을 꿈꾼다

2

Author
카부라기 하루카

Illustration
아키타 히카

CONTENTS

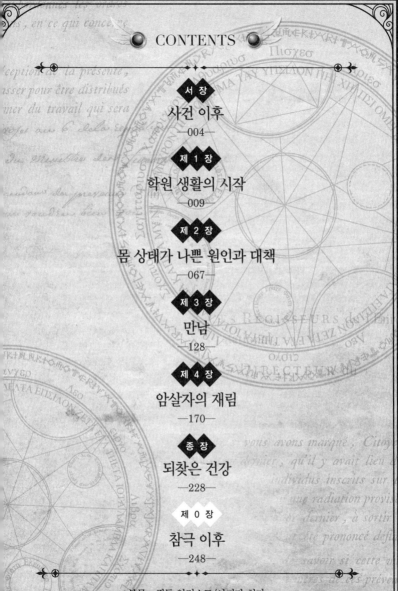

본문・권두 일러스트/아키타 히카
본문・권두 디자인/무카데야 유우코＋아오키 테츠야
(무시카고 그래픽스)

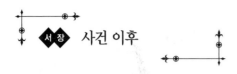

서 장　사건 이후

뚜벅, 뚜벅. 어두컴컴한 복도에 발소리가 울린다.

벽에 걸린 램프의 불빛이 비추는 섯은, 고양이 귀 여성과 키가 큰 엘프 노인.

코르티나와 맥스웰이다.

두 사람 모두 말없이 하나의 문을 밀어서 연다. 실내에는 의자에 앉은 남자가 한 명 있었다.

어두컴컴한 실내에 나무로 된 물병과 컵만이 놓인 있는 방. 남자 앞에는 튼튼한 책상이 있고, 그곳에 부착된 금속 기구에 손이 묶여 있다.

남자의 넓적다리에는 검붉게 물든 붕대가 감겨 있어, 상처가 큰 것을 알 수 있었다.

"자, 이야기할 마음이 들기 시작했느냐? 순순히 협력자를 자백하면 그 상처를 치료해 줄 마음이 있는데 말이다."

"몇 번이나 말했잖아…… 나는 말단이라서, 상대에 대해 거의 몰라."

맥스웰의 힐문에 고통을 견디며 대답하는 남자. 통증 때문인지 책상 위에서 손을 꼭 쥐고 있었다.

그 모습을 보고 코르티나는 남자에게 다가가 물병을 잡고는——
남자의 주먹 위로 내려쳤다.

꽈직. 묵직한 소리와 함께 남자의 비명이 실내에 울려 퍼졌다.

"으갸아아아아아아아아아아아아아아아?!"

난폭한 범죄자를 취조하기 위해, 이곳에 놓여 있는 물병도 단단
한 나무로 만들었다.

책상 위에 놓인 손을 으깨기에는 충분한 강도를 지니고 있었다.

"미안해. 우리도 시간을 오래 끌고 싶지 않아. 그 아이의 입학식
이 얼마 남지 않았으니까."

"내, 내 손, 손이…… 손이……."

"미리 말하겠는데, 딱히 당신이 죽더라도 우리는 신경 쓰지 않
을 거야. 대신할 사람이 있으니까."

"대신할, 사람이라고……?"

코르티나의 폭거에 맥스웰은 수염을 만지작거릴 뿐 딱히 반응
을 보이지 않고 있다.

맥스웰이 도와주지 않을 것임을 눈치챈 남자는 눈물이 맺힌 눈
으로 코르티나를 올려다봤다.

"그래. 당신들이 포섭한 문지기는 이미 확보했어. 이야기라면
그쪽에서도 들을 수 있잖아?"

"자, 잠깐, 기다려 줘……! 내가 알고 있는 것은 약속 장소밖에
없어. 정말이라고!"

"흐~응…… 그것만이라도 좋아, 말해."

"괜찮겠느냐?"

"그래, 거짓말하는 눈치는 아니니까."

"홍…… 그럼 말하도록 해라. 상처는 이야기를 듣고 난 다음에 치료해 주도록 하마."

"알았어……."

한시라도 빨리 고통에서 해방되고 싶다. 그런 일념으로 남자는 자신이 아는 모든 정보를 털어놓기 시작했다.

남자가 털어놓은 정보를 근거로 배신한 위사를 색출하고, 도시의 경계를 강화해라.

그렇게 지시를 내린 뒤, 맥스웰은 시체를 안치한 지하실로 향했다. 코르티나는 자택에서 기다리는 니콜이 있는 곳으로 서둘러 돌아갔다.

그렇게나 무기력했던 코르티나가 상당한 열의를 보이고 있다. 그것만으로도 맥스웰은 니콜을 받아들인 보람이 있었다고 만족하고 있었다.

서늘한 습기로 가득 찬 지하실. 그곳에는 두 동강이 난 유괴범 두목의 시체가 안치되어 있었다.

"일격으로 이 몰골인 겐가, 어마어마한 무기로구나. 라이엘의 성검의 필적하는가?"

가슴 아래부터 아랫배까지 모조리 날아간 시체를 앞에 두고, 맥스웰은 어이없다는 듯이 한숨을 흘렸다.

미쉘에게 백은의 대궁 서드 아이가 주어진 경위에 관해서는, 니콜에게도 이야기를 들었다.

더군다나 물증으로 남겨진 편지까지 본 이상, 그것의 소지를 인정하지 않을 수가 없다.

　자신을 신이라고 자칭한 것은 불손하기 그지없다고 생각하지만, 소유자에게 정식으로 양도받았으니까 인정할 수밖에 없었다.

　"뭐, 시위를 당길 수 없는 활은 장식에 지나지 않지만 말이다."

　너무나도 도가 지나친 강궁인 탓에, 미쉘은 당연하고 건장한 어른조차 시위를 당길 수가 없었다.

　그런 상태이니까 다룰 때는 위험이 없을 것이다. 굳이 말하자면 보물로 본 녀석들이 노리는 정도일까.

　"그 부분은 뭐, 코르티나가 잘 해 줄 터이고…… 응?"

　뭔가 새로운 정보가 없을까 싶어서 시체를 조사하던 맥스웰은, 다리에 엉킨 은색 빛을 알아챘다.

　두목의 발 언저리는 중전사답게 징이 박힌 다리 장갑으로 보호되어 있었다.

　거기에 무언가 실 같은 것이 감겨 있다.

　"실……? 아니, 머리카락인가."

　그러고 보니 싸웠던 것은 라이엘의 딸, 니콜. 그 머리카락은 청은색으로 빛나는 아름다운 색을 띠고 있었다.

　"어린아이라고는 해도 역시나 라이엘의 딸인가…… 그렇다고 해도 어째서 다리에?"

　아무리 몸집이 작은 니콜이라는 해도, 남자의 발목 높이보다는 훨씬 키가 크다.

크게 움직이는 타입인 전사가 아닌 만큼, 다리에 머리카락이 감기는 상황은 쉽게 상상이 되지 않는다.

"넘어진 것을 밟으려고 한 것인가⋯⋯그런 것치고는──?"

머리카락은 그저 엉킨 것만이 아니라, 발목에 몇 중으로 휘감겨 있었다.

자연스럽게 감겼다고 보기에는 느낌이 묘했다.

"모르겠군. 뭐, 생각하는 것은 코르티나에게 맡기도록 할까."

원래부터 지식은 많지만, 그다지 깊이 생각하는 성격이 아니다. 아니, 생각해도 귀찮은 것이 싫은 성격이었다.

코르티나라는 유능한 부관이 있는 이상, 그런 일을 내팽개치는 것도 나쁘지 않다.

"뒤늦게 새로운 정보가 발견되지는 않는구나. 귀찮은 이야기야. 그건 그렇고, 머리카락을 실로 잘못 보다니⋯⋯ 나도 망령이 들기 시작한 겐가?"

과거에 수도 없이 봐왔던 미스릴 실. 그것과 같은 빛을 휘감긴 머리카락에서 보았다. 하지만 그 추억은, 이 시체 안치실과는 너무나도 어울리지 않는다.

그리운 추억을 떨쳐내는 것처럼 머리를 흔들고, 맥스웰은 안치실을 뒤로했다.

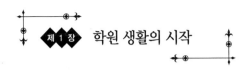

제 1 장 학원 생활의 시작

그날 밤, 이미 며칠이나 지낸 방에서—— 나는 눈을 떴다. 이곳은 코르티나의 집에 있는 내 방이다.

피니아는 아직 어린 나와 함께 잘 것을 주장했지만, 아무리 그래도 미소녀로 성장한 사람과 한 침대에 누웠다간…… 내가 잠들 수 없을 것 같다.

그래서 나는 강경하게 혼자 방을 쓸 것을 주장했다.

피니아와 코르티나가 슬슬 독방을 동경할 나이가 되었나 하고 납득해 주었기 때문에, 내 주장은 비교적 손쉽게 허가되었다.

애초에 감추고 있는 것이 많은 나에게 사생활 보호는 중요한 문제다. 게다가 나도 과거에는 남자였던지라, 여러모로 욕구라는 것이 존재한다.

구체적으로 말하자면 술, 여자, 도박이다.

다행히 전생의 나는 도박에는 흥미가 없었고, 여자에게는 인기가 없었기 때문에 그런 지출은 많지 않았다.

이번 생에 다시 태어난 후로 벌써 7년. 도박과 여자는 그렇다 치고, 내 유일한 낙이었다고 할 수 있는 술이 그리워지기 시작한 것이다.

그래서 나는 남모르게 행동했다.

이곳으로 여행을 떠날 때 짐에 술병을 하나 숨겼는데, 그것을 이 방으로 가져온 것이다.

"큭큭큭. 라이엘 녀석, 지금쯤 당황하고 있겠지."

어린아이인 내가 술을 살 수 있을 리도 없다. 즉, 내가 챙긴 것은 라이엘이 마리아 몰래 간직하던 증류주다.

마리아에게 아이 앞에서 과음은 좋지 않다는 이유로 제한당해, 저녁 반주는 가볍게 와인만 곁들이는 정도였다. 그런 그 녀석이 나중에 아껴 마시려고 두었던 가장 좋은 술을 강탈해 온 것이다.

밀봉을 열고, 목제 컵에 따랐다.

이 컵은 여행 중에 사용했던 것으로, 내가 방으로 가져와도 의심받을 물건이 아니다.

코를 찌르듯 강한 향기가 컵에서 확 올라온다. 노송나무 통의 냄새가 희미하게 섞인 것도 좋다.

"그 자식, 취향이 좋잖아."

투명한 호박색도 그렇고, 강한 향기도 그렇고, 참으로 좋은 술이다. 마시지 않아도 알 수 있을 정도로.

생전에 라이벌로 여겼던 만큼 라이엘과 술을 주고받는 일이 많지는 않았지만, 이토록 좋은 취향만은 인정하지 않을 수가 없다. 가들스와는 자주 마셨었는데 말이지.

충분하게 향기를 즐긴 뒤, 나는 입으로 컵을 가져갔다. 거리가 가까워질수록 더욱 강하게 그 향기를 느끼고…….

정신을 차리고 보니, 아침이었다.

"헉, 내가 무슨──!"

벌떡 일어나고, 동시에 두통에 몸부림치며 굴렀다. 머릿속에서 울리는 듯한 이 두통. 전생에서는 몇 번이나 경험했던 적이 있었다.

"서, 설마…… 숙취? 고작 한 모금밖에 마시지 않았는데?!"

허약하기 그지없는 지금의 내 몸은, 술에도 어마어마하게 약했던 모양이다. 설마 고작 한 모금에 무너질 줄은 몰랐다.

창밖에선 이미 동이 터서, 아침의 상쾌한 냉기가 창문 틈새로 스며들고 있다.

"이런…… 이 냄새, 빨리 없애야 해."

술병은 물론이고, 컵의 내용물도 거의 다 흘리고 말았다. 덕분에 실내에는 진한 술 냄새가 가득하다.

나는 지끈거리는 머리를 부여잡고, 창문을 열어 환기했다. 그 타이밍에 방문을 두드리는 소리가 났다.

"니콜 님, 아침이에요. 슬슬 일어나 주세요."

"아, 피니아. 응, 일어났어, 일어났어. 지금 옷을 갈아입는 중이니까, 문 열지 마."

"그러신가요? 제가 도와드릴게요."

"아, 안 돼 안 돼! 저기, 그러니까…… 아무튼, 괜찮으니까!"

당황해서 입실을 막으려고 한 내 모습에, 피니아는 무언가를 눈치챈 것처럼 말을 꺼냈다.

"혹시…… 오줌을 싸셨나요?"

"말도 안 돼!"

확실히 이 여자의 몸으로는 전생만큼 소변을 참을 수가 없다.

이것은 인체 구조상 어쩔 수가 없는 현상이기도 하다. 배설 전문 기관이 있는 남자는 여자보다 더 참을 수 있다고 한다.

게다가 어린 몸은, 방심하면 남방…… 서기, 그러니까…… 그거다. 응. 과거에 몇 번인가, 실수한 것은 인정한다.

하지만 이번에는 결단코 아니다. 문제가 되고 있는 것은 술 냄새이지, 오줌 냄새가 아니다.

들키면 안 되는 것은 매한가지이지만, 내 자존심을 위해 이것만큼은 선언해 두도록 하자.

"괜찮아요. 코르티나 님도 이미 아침 식사를 드셨으니까, 니콜 님도 서둘러 주세요. 그리고 빨랫감은 나중에 몰래 밖에 내놔주세요."

"알겠어. 하지만 오줌을 싼 건 아니야!"

타박타박 경쾌한 발소리를 내며 떠나가는 피니아.

그건 그렇고 코르티나는 밤에 늦게 잠드는 주제에 일찍 일어나네. 언제 자는 거지?

아무튼 창문을 열어두면 술 냄새는 금방 가실 것이다.

다소 조심성이 없기는 하지만, 이곳이 코르티나의 집이라는 것은 도시 주민들에게도 잘 알려져 있다. 이 집에 몰래 들어오려는 인간은 거의 없을 것이다.

이어서 나는 후다닥 옷을 갈아입기 시작했다.

낙낙한 파자마라 입거나 벗기 편하다. 하지만 피니아나 코르티나가 사 주는 옷은 구조가 복잡한 것이 많아, 조금 취향에 맞지 않는다.

나는 몸에 딱 맞는 셔츠를 입고, 짧은 재킷을 걸쳐 입었다.

아래에는 짧은 바지에 무릎 위로 올라오는 긴 양말을 신어 노출을 적게 했다.

상당히 활동적인 모습이지만, 귀한 집안 아가씨 같은 내 생김새와는 어색한 느낌이 나서, 의외로 잘 어울린다고 나는 생각하고 있다.

그대로 1층 식당으로 향하자, 이미 아침 식사 준비를 마친 피니아가 기다리고 있었다.

이미 식사를 마친 코르티나도, 식후 커피를 즐기고 있었다.

나타난 나를 보고, 피니아는 작은 한숨을 내쉬었다. 완고하게 치마를 거부하는 내 옷 선택에 슬픔을 금할 수 없는 듯하다.

그에 비해 코르티나는 내 넓적다리 부근을 빤히 바라보고, 엄지를 척 세웠다.

테이블에는 바싹 구운 토스트에, 햄에그와 핫밀크.

커피는 지금의 내 혀에 너무 쓰기 때문이다. 이러한 미각 변화에서 술이 약해졌다는 사실 정도는 알아챘다면 좋았을 뻔했다.

내가 테이블에 자리하고 식사를 시작하면, 등 뒤로 온 피니아가 머리를 손질해 준다.

식사 중에 보기 흉하다고 생각할지도 모르지만, 내가 직접 만질 수 없으니까 어쩔 수 없다.

게다가 이 뒤에 미쉘과 레티나를 포함한 셋에서 도시를 안내받기로 약속했다. 시간이 없다.

레티나는 첫인상이 조금 그랬던 만큼 미쉘처럼 허물없이 대하지 못하고 있다.

"벌써 시간이 그렇게 됐어?"

서둘러 손질을 시작한 피니아를 보고, 나는 시간이 다급해졌는가 싶었다.

시간을 알려주는 '시계' 라는 마도구도 존재하지만, 이 집에는 거실과 코르티나의 방에만 있다. 꽤 값비싼 물건인 것이다.

"아니요, 니콜 님의 머리를 보면, 저도 모르게 하게 돼요. 감촉이 좋아서요."

"식사 때는 그만두지 않을래?"

"죄송해요. 제 마음의 안식처라서요."

"아, 그래······."

매끈매끈, 말랑말랑, 보들보들. 여성이 그런 감촉에 약한 것은 피니아라고 다르지 않다.

코르티나는 아예 틈만 나면 나를 무릎에 앉히려고 할 정도다.

토스트 절반과 햄에그 절반. 이렇게 입에 넣고 나니 내 위장에 한계가 왔다.

"꺽. 잘 먹었어."

"잘 드셨나요. 머리 손질도 끝났어요."

내 머리는 등을 반쯤 가릴 만큼 곧게 내려온다.

사실은 잘라버리고 싶지만, 기르지 않으면 마리아와 피니아가 슬픈 표정을 지으니까 어쩔 수 없다.

앞머리만큼은 움직이는 데 방해되니까, 머리핀으로 고정했다.

식사 도중에도 이렇게까지 확실하게 정돈할 수 있다는 점에서 역시 피니아는 대단하다.

핫밀크가 담긴 컵을 양손으로 들어——한 손이면 손가락이 짧아 똑바로 잡을 수가 없다——전부 마신 순간에 현관의 초인종이 울렸다. 동시에 나를 부르는 목소리.

"니코~올, 놀자~."

"그~래!"

큰 소리로 현관을 향해 말을 걸고, 의자에서 벌떡 일어났다. 살짝 숙취가 남아 있지만, 핫밀크 덕분에 상당히 완화되었다.

내가 외출 준비를 시작하자, 코르티나도 자리를 일어났다.

"호신용 장비는 잘 챙겼어?"

"응, 카타나 가져가."

"그러면 나도 준비할 테니까, 잠시 기다려."

레티나와 나는 하마터면 유괴당할 뻔했던 몸이다. 어린아이끼리 놀러 갈 수는 없었다.

그래서 보호자로 코르티나가 함께 따라오게 되었는데⋯⋯.

"학원은 괜찮아?"

"응~ 괜찮아. 그렇게 중요한 지위가 아니니까 말이지, 나는."

마술사로서 기량이 별로 좋지 않은 코르티나는 학원 고등부에서 전술이론이라는 과목을 담당하고 있었다.

대체로 제시한 상황에 맞춰 대응책을 제출하게 하는 정도의 수업이라고 한다. 그것을 보고 채점하기만 할 뿐이라, 의외로 한가할 때가 많다고 한다.

나는 카타나를 등에 짊어지고 타박타박 경쾌한 발소리를 내며 현관으로 달려갔다. 허리에 차고 싶었지만, 내 몸집으로는 칼집을 질질 끌게 되기 때문이다.

코르티나도 마법의 발동을 보조하는 긴 지팡이를 들고 내 뒤를 따랐다.

미쉘과 라티나가 기다리지 않도록 빠른 걸음으로 달려가는 나를, 코르티나는 훈훈한 눈빛으로 바라보고 있었다.

내용물은 남자인 나인데 말이지…….

문을 열자 미쉘과 레티나가 기다리고 있었다.

"안녕, 니콜!"

"안녕하세요, 니콜 양."

"다들 안녕."

미쉘은 평소 휴대하는 사냥용 활과 더불어 서드 아이를 손에 들고 있다. 레티나는 코르티나와 디자인이 비슷한 긴 지팡이다.

요전에 코르티나와 안면을 트게 된 뒤에 곧바로 같은 것을 준비했다고 한다.

"안녕, 둘 다 빠르네."

"코르티나 님! 안녕하세요."

"코르티나 님, 안녕!"

긴장해서 뻣뻣한 상태로 인사하는 레티나와 천진난만하게 말하는 미쉘. 두 사람의 반응은 대조적이다.

코르티나도 두 사람을 보고 매력적으로 싱긋 웃고, 조금 진지한 표정을 지었다.

"미쉘이라고 했지? 그 활은 케이스에 넣지 않는 거야?"

"아, 이건……."

코르티나의 지적에, 미쉘은 조금 부끄러운 듯한 태도로 꼼지락거렸다.

"우리 집에는 이렇게 큰 활을 넣을 만한 케이스가 없어요."

"아아, 확실히 이 사이즈는 보통이 아니지. 사냥 같을 때 쓰는 효율성을 완전히 무시한, 위력 중시의 전장용 활이니까."

"하지만 집에 두고 갈 수도 없으니까, 들고 다니기로 했어요."

미쉘은 주먹을 꼭 쥐고 거칠게 콧바람을 흥 내뿜으며 주장한다. 하지만 그것도 꽤 힘들 것이다. 대형 활은 그럭저럭 무겁다.

"그러면 그걸 넣을 케이스를 먼저 보러 갈까. 이사 선물로 사 줄게."

"정말인가요?"

"물론이지. 싸구려라 미안하지만 말이야."

서드 아이는 그 소재의 고급스러움도 당연하지만, 터무니없을 정도로 수준 높은 부여마법이 걸려 있다.

완전히 신화급이라고 해도 좋을 정도의 매직 아이템으로, 어린아이가 그대로 들고 다녔다가는 확실하게 문제가 발생할 것이다.

코르티나도 처음 이 활을 봤을 때는 다리에서 힘이 풀렸었다. 이런 활을 어린아이에게 주다니, 어떤 녀석이냐고 날뛰었다.

"그래서, 시위를 당길 수는……."

"없어요."

"그렇겠지~."

그때, 미쉘에게 걸려 있던 신체 강화는, 그 전투 직후에 해제되었다.

몇 분밖에 유지되지 못했다고는 해도 어린아이가 이 괴물 같은 활을 당길 수 있게 되다니, 터무니없는 강화율이다. 아마도 평범한 인챈트(강화 부여)가 아니라 하이 인챈트(고위강화), 아니 더욱 상위인 오버 부스트(초강화)일지도 모른다.

신이라고 자칭한 만큼의 실력은 있다는 뜻일까.

지금에 와서는 서드 아이는 가치가 크면서도 쓸 수 없는 상태로 미쉘의 손에 있다. 지금 미쉘의 목표는 이 활을 쓸 수 있게 되는 것이다.

그리고 당장의 내 목표는, 미쉘이 이 활을 쓸 수 있는 마법을 걸 수 있도록 노력하는 것이다.

"그러면 우선은 쇼핑부터 가자. 도시는 확실하게 안내해 줄 테니까, 안심해."

"코르티나 님에게 안내받다니, 영광이에요!"

"레티나는 뻔뻔해."

"괜찮잖아요, 조금 정도는!"

"다들 싸우지 마……."

나와 레티나와 소란을 피우기 시작하고, 미쉘이 타이른다. 최근 며칠 사이에 벌써 일상이 되기 시작한 광경.

이렇게 나는 입학식까지 남은 나날을 보냈다.

유괴 사건이 끝나고, 입학식까지 열흘 넘게 여유가 있었다.

그동안 나는 새롭게 알게 된 레티나와 미쉘에게 이끌려, 나 자신은 바라지 않았어도 어린아이다운 나날을 보내었다.

생전에도 라움을 방문한 적은 있었기 때문에 기본적인 지리 지식은 있지만, 어린아이의 시선으로 보는 토지감이라는 것은 상당히 신선한 감각이다.

그렇게 라움의 시내를 뛰어다니다 보니, 의도하지 않아도 새롭게 아는 사람이 늘어났다.

"안녕, 니콜! 오늘도 요위 집안의 말괄량이에게 끌려 다니고 있는 것이냐?"

"안녕하세요, 윗슨 씨."

나는 발을 멈추고 말을 걸어온 빵 가게 아저씨에게 인사를 했다.

내가 코르티나의 집에서 사는 것은 알려져 있고, 빵 가게는 피니아도 활용하고 있다. 그런 상대에게 무례를 저지르는 것은, 앞으로 몇 년을 지내야 하는 상황에서 불편함이 발생할 것이다.

그런 이유로 도시 사람들에게는 되도록 정중하게 대응하자고 마음먹고 있다. 그랬더니 이상한 방향으로 평판이 퍼졌다.

코르티나 집에 머물게 된 라이엘과 마리아의 딸인데, 예의 바르고 얌전한 아이라는 평판이다.

귀한 집 아가씨 같은 청초한 생김새와 양쪽 색이 다른 눈동자라는, 얼핏 특이한 특징도 한몫하고 있다고 한다.

그런 소녀가 쇼트 팬츠 같은 활동적인 차림으로 도시를 뛰어다니고 있으니까, 한층 더 눈에 띄게 된 것이다.

"잠깐, 웻슨 씨! 제가 말괄량이라니 무슨 소리예요!"

"어라? 그것도 몰랐냐?"

"이익~!"

레티나는 후작 가문이라는 좋은 집안 출신인데도 상당히 털털한 성격이었다.

원래 이 왕도에 근거지를 둔 귀족이 아니라 지방에 영지를 지닌 유력자인지라, 도시에 처음 왔을 때 어머니와 떨어져 뒷골목을 헤매다가 사건에 휘말리고 말았다고 한다.

요 며칠 동안 잔뜩 도시를 뛰어다니며 말괄량이 짓을 하고 다닌 탓에 이미 도시의 명물이 되어 가고 있었다.

덕분에 도시 사람들은 빠르게 익숙해져서, 어머니인 엘리자 씨도 안심하고 놀러 보낼 수 있게 되었다. 도시 사람들의 눈이라는 것은 더할 나위 없는 감시 장치다.

게다가 이 신뢰는 나와 미쉘이라는, 나이에 어울리지 않는 실력을 지닌 친구의 존재 덕분이기도 할 것이다.

빈약한 몸은 여전하지만 말이지.

"아저씨, 도넛 주세요!"

"미쉘은 여전히 잘 먹는구나……."

용돈에서 동전을 꺼내, 일찌감치 간식을 사먹으려 하는 미쉘을 보고, 황당하다는 표정으로 도넛을 싸 주는 빵 가게 아저씨.

그 활력은 이 식욕에서 나오는 것일지도 모르겠구나. 나는 흉내낼 수가 없어.

"미쉘, 빨리 가지 않으면 접수가 시작되고 말아!"

"아, 응…… 덥석."

"어서 서둘러!"

도넛을 입에 문 채로, 미쉘이 끌려간다. 나도 웻슨에게 인사하고 황급히 뒤따라 뛰었다.

평소보다 레티나가 더 흥분할 수밖에 없는 이유. 오늘은 마술학원을 일반인들에게 개방하는 날이기 때문이다.

특히 이날은 입학식 전의 시기와 겹쳐서, 신입생이 모조리 견학하러 오는 것이다.

아침 이른 시간이라, 아직 다른 견학자의 모습은 그다지 보이지 않았다.

견학자 말고도 등교하는 학생들을 여기저기 드문드문 볼 수 있었다.

미쉘은 인접한 모험가 지원학교에 입학할 예정이라, 이 마술학원과는 별로 인연이 없다.

하지만 위치로 봤을 때는 운동장과 마술 훈련장을 공유하니까 얼굴을 마주칠 기회는 많을 것이다.

이 마술학원이 지닌 최대의 가치, 그것은 세계 최대로도 불리는 대도서관의 존재이다.

게다가 이사장이 맥스웰. 이 세계 최고의 마법사다. 이러니 학생이 모이지 않을 수가 없다.

그렇다고 해도 나는 조사할 것이 있어서 학원에 온 것이 아니다.

나는 기존의 마법을 찾아서 이곳에 온 것이다. 폴리모프(변신) 마법. 간섭계 마법 중에서도 가장 고위에 위치한 마법이다.

내가 단독으로 수행해서는, 그 경지에 도달하는 데 몇 년으로는 끝나지 않는 시간이 걸릴 것이다.

하지만 우수한 선생인 맥스웰과 코르티나에게 가르침을 받으면, 그 기간을 대폭 단축할 수 있다.

나의 '원래 몸으로 돌아간다'는 목적의 지름길이 될 것이다.

오늘을 위해서 코르티나는 먼저 출근해 있었다. 피니아는 청소와 빨래로 바쁘기 때문에 집에서 벗어날 수가 없다.

그래서 아이들끼리 학원까지 찾아온 것이다. 학원이 집에서 가까운 것도, 허가가 떨어진 이유 중 하나였다.

"우오오오오……."

"커다란 탑이네요."

이전에 비해 더욱 높아진 첨탑을 올려다보고, 미셸과 레티나가 얼이 나간 듯한 목소리를 냈다.

그 첨탑의 높이는 이미 왕성에서 제일 높은 탑의 높이를 뛰어넘었다.

"라움의 두 번째 왕성으로 불리고 있으니까 말이야."

"헤에, 니콜은 자세히 알고 있네."

"어? 아~ 응. 그 왜 맥스웰 님에게 들었으니까?"

나는 미리 마법을 배우기 위해, 때때로 맥스웰의 저택에 드나들게 되었다. 그러니까 이런 변명도 성립할 수 있는 것이다. 아마도.

거대한 첨탑을 시야에 담기 위해, 나는 거의 수직으로 올려다보며 한 걸음 한 걸음 뒤로 물러났다. 그러자 턱하고 누군가와 부딪히고 말았다.

몸이 밀려서 바닥에 넘어지는 나. 어설프게 버티는 것보다, 넘어지는 편이 빨리 일어날 수 있기에 몸에 새겨진 반응이다.

넘어지고 나서 돌아보니, 그곳에는 키가 큰 어린아이 한 명이 길을 막고 서 있었다. 그 덩치가 큰 어린아이는 나를 흘끗 보고 기분 나쁘다는 듯이 가슴팍을 털어내는 동작을 했다.

"뭐냐, 네 이놈. 평민이 이 마술학원에 무슨 볼일이지?"

"그게, 미안합니다?"

어쨌거나 다툼은 코르티나에게 폐를 끼치게 된다.

그래서 나는 일단 사죄하기로 했다. 이런 누가 봐도 귀족스러운 인간들과는 되도록 엮이고 싶지 않다.

나는 일어나 인사하고, 서둘러 그 자리를 떠나려 했다. 하지만 그 아이는 그것으로 끝내려고는 하지 않았다.

"기다려, 평민. 네놈은 나에게 부딪혀 놓고는 말 한마디로 끝내려는 것이냐."

"어?"

"사죄에는 무릇 걸맞은 태도가 있을 텐데? 아빠는 자주 시민을 바닥에 엎으려 빌게 했었지."

"잠깐……."

뭐야, 그건. 시민에게 바닥에 엎드려 빌게 해? 그런 귀족이 아직 존재했었나.

이런 녀석을 입학시키다니, 맥스웰 녀석도 체크가 어설프잖아.

"너도 그렇게 해라. 그러면 사죄한 것으로 알고, 이번만큼은 봐주도록 하마."

그 오만한 말투에, 나는 화가 나기 이전에 기가 막혔다. 이 학원에 들어온 뒤에는 신분이라는 것은 버리고 생각해야만 한다.

그런데 이 오만함으로, 용케 입학을 허가받았다는 말밖에 안 나온다. 미쉘은 갑작스러운 트집에 몸이 굳고 말았다.

하지만 그 말에 가장 빠르게 반응한 사람은 내가 아니라 레티나였다.

"당신야말로, 지금 당장 사과하는 편이 좋지 않을까요?"

"뭐라고!"

"어디의 누구인지는 모르겠지만, 후회하게 될 텐데요?"

"나를 모르고 있는 것인가. 좋다, 알려주지. 나는 스토라 영지, 사르와 변경백의 장자, 도노반 스토라 사르와다!"

콧바람을 거칠게 내뿜으며 당당하게 선언한 도노반.

그 이름을 듣고, 무슨 소동인지 살피고 있던 구경꾼들이 술렁이기 시작했다.

스토라 영지란 것은 라움 북부에 존재하는 광대한 영토로, 삼림이 국토 대부분을 차지하는 라움에서는 드물게 곡창지대를 품고 있다. 그곳의 변경백이라는 것은 지위로 말하자면 후작에도 필적한다.

공작위가 거의 왕의 친족으로 채워진 이 라움에서는, 왕의 혈연이 아닌 자로서는 거의 최고위에 해당한다고 말해도 좋을 것이다. 그런 배경이라면 오만해지는 것도 납득이다.

하지만 그것은 이쪽도 마찬가지다. 도노반의 자기소개를 듣고 레티나는 코웃음 쳤다.

변경백은 후작에 가깝다고 해도, 어디까지나 '가까운' 것이다. 진짜 후작의 후계자인 레티나에게는 한 끗발이 부족하다.

나도 그녀가 그렇게 이름을 밝힐 것이라고 생각했다. 그랬는데…….

"이분이 누구인지 알고 있나요? 세상을 구한 육영웅 라이엘 님과 마리아 님의 따님, 니콜 님이에요!"

"잠깐 기다려, 여기서는 레티나가 이름을 밝혀야 하는 장면이지 않아?!"

"예? 어째서 제가?"

내 딴죽에 진심으로 이상하다는 듯한 표정을 지어 보이는 레티나.

아니, 이상하잖아? 평범하게 이야기의 흐름으로 봐서, 자신의 가문 이름을 밝히고 상대를 위압하는 장면이지 않나.

게다가 라이엘도 마리아도, 지금은 평민이다. 이런 권위주의자에게는 효과가 약하──

"뭐, 뭐라고……?!"

──지도 않았다.

오히려 세상을 구한 영웅인 두 사람의 딸이라, 효과가 두 배였다. 게다가 내용물은 레이드이니까, 나는 영웅 성분이 농축되어 있지.

"뭐, 좋아요. 그런 니콜 님을 밀쳐 넘어트렸으니까, 어떻게 될지 알고 있겠지요?"

"레티나도 처음 만났을 때는 나를 끌고 다녔잖아?"

"저는 과거에 연연하지 않는 주의예요!"

참 어이없는 말투지만, 이 훌륭한 뻔뻔함도 개성이라고 최근 느끼게 되었다.

이 아이는 기본적으로는 마음씨가 좋다. 이번 일도, 나를 감싸려고 분개하고 있으니까.

"그러려고 내 권위를 쓰는 것은 어떤가 싶지만……."

"니콜 양, 뭐라고 했나요?"

"아니, 아무 말도 안 했어. 그리고 나도 아무렇지 않으니까, 도노반 군도 용서해 준다면, 이제 그만 가도 될까?"

"어, 아…… 예."

뭐, 어차피 변경백이라고 해도 라움 국내의 일개 귀족에 지나지 않는다.

그에 비해 이쪽은 세계를 구했던 영웅의 딸로, 그 위광은 전 세계에 자자하다.

라이엘과 마리아는 단독으로 군에 필적할 정도의 전투력을 지니고 있고, 친분이 있는 벗도 맥스웰에 코르티나, 가들스 같은 괴물밖에 없다.

그들이 그럴 마음만 먹으면 나라 하나는 뒤집어놓을 수 있다. 일개 귀족이 어찌할 수 있는 상대가 아니다.

권위에 기대는 도노반은 그 사실을 잘 알고 있다.

상대가 자신보다 격이 높은 이상, 부모의 위광은 통하지 않는다. 여기서 뻗대면…… 가문이 망하는 일조차 있을 수 있으니까.

"죄, 죄송했습니다. 상처는——."

"아니, 없어. 괜찮으니까 신경 쓰지 마."

딱 봐도 비위를 맞추려 하기 시작한 도노반에게, 나는 되도록 조용한 어조로 답했다.

아무래도 도노반에게는 레티나만큼의 뻔뻔함이 없었던 모양이다. 아니, 이것은 레티나가 지나치게 특수하다고 해야 할 것이다.

하지만 상황을 보고 있던 구경꾼들은, 그렇게 받아들이지 않았던 모양이다.

"어이, 저 아이…… 자신을 밀쳐 넘어트린 오만한 귀족의 아들을 웃으면서 용서했어."

"이렇게나 관대하다니. 게다가 저 아름다운 은발에 색이 다른 눈동자. 장래가 유망한걸."

"너, 아무리 그래도 저런 어린아이에게 손을 대려는 건……."

"아무리 그래도 부모가 너무 무서워!"

음. 나도 남자와 사귈 생각은 눈곱만큼도 없는데.

여기 더 있다간 쓸데없는 트러블이 확대될 것만 같다. 나는 아직도 굳어 있는 미셸과 레티나의 팔을 잡아, 빠른 걸음으로 그 자리를 벗어나기로 했다.

하지만 그 도망도 가볍게 실패로 끝났다. 이렇게나 거창한 소란을 벌이고, 교원의 눈에 들어가지 않을 리가 없었다.

교원…… 그것은 즉, 코르티나도 포함된 말이다.

"요것들이~ 무슨 소란을 피우고 있는 거야."

"아, 코르티나."

"코르티나 님! 이건, 저기……."

"히읏."

나는 코르티나에게 목덜미를 붙잡혀, 고양이처럼 매달리고 말았다.

갑작스러운 등장에 레티나는 말을 어물거리고, 미쉘은 다시금 몸이 굳었다. 레티나도 집안을 들먹이며 상대를 겁준 자각이 있는지, 난처한 표정을 짓고 있었다.

"듣고 넘길 수 없는 소동이 벌어졌다고 해서 상황을 보러 왔더니."

"아니, 저기. 이건……."

"레티나에게는 사~알짝 엄한 설교가 필요하려나?"

"아으으으으…… 죄송해요."

동경하는 육영웅에게 직접 혼나다 보니, 아무리 레티나라고 해도 말을 삼가는 모양이다. 하지만 아무리 그래도 어린아이에게 더 이상의 압박은 좋지 않다.

"이건, 내가 한눈을 팔았던 걸 감싸주었을 뿐이니까——."

"흠흠. 니콜은 상냥하네~. 하지만 안 되는 건 안 된다고 가르치는 것도 교원의 일이라서 말이야. 그쪽의 너도."

코르티나가 힐끗 쏘아보자, 도노반은 미쉘처럼 몸이 굳었다.

아무리 도노반이라고 해도 코르티나에게는 말대꾸할 수 없는 모양이다.

하물며 코르티나의 별명은 「사신」. 말 하나로 군세를 조종해 육영웅 중에서도 가장 많은 사망자를 만들어냈다. 세상 사람들이 보기에는 일종의 악마나 마찬가지다.

"이번에는 엄중하게 주의하는 것으로 끝내겠지만, 앞으로는 조심해."

"아, 알겠습니다……."

그렇게 상황을 정리하고 떠나간 코르티나. 아무래도 나는, 시작부터 사고를 치는 성질이 있는 모양이다.

그날은 아침부터 피니아가 의욕이 넘쳤다.

내 긴 머리카락을 평소보다 공들여 빗질하고, 정성껏 만졌다.

방해가 되지 않도록 긴 머리를 뒤로 흘려서 정리하는 평소의 머리 모양. 직접 만져 봤더니 평소와 비교가 되지 않을 정도로 부드러웠다.

그리고 새하얀 셔츠. 가슴팍에는 마술학원의 문장이 들어가 있다.

진한 남색 스커트에는 옷자락에 금색 라인이 들어가 있고, 이것과 같은 색의 재킷을 걸친다. 그리고는 깃털 장식이 달린 베레모를 쓰면 차림새가 완성된다.

나는 노출을 싫어하는 경향이 있어, 추가로 무릎 위로 올라오는 긴 양말을 신었다.

"오오, 반짝반짝한 신입생이네!"

"코르티나, 잘 잤어?"

방 앞을 지나치던 코르티나가 안을 들여다보며 이쪽을 향해 엄지를 척 세운다.

코르티나도 오늘은 몸에 딱 붙는 성상으로 멋을 부렸다. 참고로 평소에는 딱 붙지 않는 후줄근한 옷을 주로 입는다. 그것도 피니아와 동거하게 되고 나서 상당히 개선된 것이지만.

그렇다, 오늘은 입학식 날이다.

학원에서는 일반인 개방일에 갑자기 사고를 치고 말았지만, 나로서는 수수하고 조용한 수행의 나날을 보내고 싶다.

어설프게 튀는 짓을 해서 그것이 코르티나에게 전해지면, 무엇을 계기로 내 정체에 도달하게 될지 알 수 없기 때문이다.

"이미 늦었나……."

"니콜 님, 뭐라고 말씀하셨어요?"

"으응, 아무것도 아니야."

생각해 보면, 이 도시에 도착한 당일에 이미 활극을 펼쳤다. 내가 관여되었다는 사실은 공공연히 알려지지 않았지만, 코르티나를 상대로 '눈에 띄지 않는다'는 것은 이미 무리일 것이다.

한숨을 한 번 쉬고 현관으로 향했다. 코르티나의 집은 현관에서 신발을 벗는 스타일이다.

　나는 그 현관 입구에서 튼튼한 부츠로 갈아신었다.

　오늘 정도는 미쉘보다도 먼저 마중을 나가고 싶다.

　미쉘은 사냥꾼의 딸답게 하루가 무척 빠르다. 늦잠이 잦은 나와
는 정반대다. 덕분에 이런 날에는 미쉘이 먼저 마중을 오는 패턴
이 많다.

　"좋아."

　자신의 뺨을 찰싹 때리고 기합을 넣었다.

　그리고 현관문을 여니 미쉘과 레티나가 있었다.

　"아."

　"아, 안녕 니콜! 오늘은 일찍 일어났네!"

　"안녕하세요. 항상 늦잠을 자는 니콜 양치고는 드문 일이네요."

　"안녕. 또 못 이겼어."

　뒷부분은 입에서 웅얼거린 말인데, 뒤에 있던 피니아가 용케 들
은 모양인지 살짝 소리를 내어 웃음을 터뜨렸다.

　내가 등 뒤로 눈을 흘기자 황급히 시선을 돌린다. 그런 농담을
주고받을 수 있을 정도로, 피니아도 이 생활에 익숙해져 있었다.

　나는 소리 없는 웃음을 흘리는 피니아를 시선으로 견제하고, 두
사람의 곁으로 향했다.

　원래는 교사인 코르티나도 슬슬 출발해야 하는 시간이지만, 아
직 나오지 않았다.

　"코르티나는?"

　"뭔가 볼일이 있다고 하셔서, 조금 늦는다고 하셨어요."

"흐~응?"

뭐, 코르티나도 교사 중에서 특수한 위치인 것은 틀림없다. 뭔가 바쁜 잡무 같은 것이 있는 모양이다.

요전처럼 유괴범을 붙잡는다든지 하는, 도시의 범죄 수사에도 끼는 일이 있을 정도다.

"그럼 니콜 님, 조심해서 다녀오세요."

"응, 다녀올게."

"이상한 것이나 신기한 일을 보더라도 절대로 따라가면 안 돼요."

"알고 있어."

"나쁜 사람을 보더라도 돌격하면 안 돼요. 그리고 딴 길로 빠지지 말고 바로 돌아오세요."

"안 해, 안 해."

"손수건은 챙기셨나요? 그리고——."

"피니아, 잔소리가 심해."

피니아가 걱정이 많은 것은 알지만, 요전의 유괴 사건으로 한층 악화된 모양이다.

살짝 불쌍할지도 모르겠지만, 한도 끝이 없으니 대화를 끊고 등교하기로 했다.

미쉘은 모험가 지원학교 소속이 되니까, 교내로 들어가기 전에 헤어져야 한다.

그렇다고 해도 건물이 근처니까 사실은 언제라도 만날 수 있는 상태이기도 했다.

마술학원의 부지에 들어가니, 뭔가 교내가 술렁술렁 소란스럽다.

이것이 입학식 특유의 분위기인가 싶었지만, 아무래도 그렇지는 않은 모양이다. 왜냐면 구경꾼의 시선이 확연하게 이쪽을 향해 있었기 때문이다.

거기서 나는 문득 짐작이 갔다.

"아아, 레티나는 후작의 딸이니까."

"그럴 리가 없잖아요. 당신 탓이에요."

며칠 전, 레티나 덕분에 쓸데없는 트러블에 휘말리고 말았다.

그때 내가 라이엘과 마리아의 딸이라는 사실도 알려졌다. 즉, 그런 것이다.

"귀찮아……."

"뭘 새삼스럽게. 두 분의 딸이라면 익숙한 일이잖아요?"

"마을에서는 그런 일 없었어."

마을에서는 애초에 당사자가 흔하게 돌아다녔다. 그 부속물인 내가 주목받는 일은 없었다.

하지만 들려오는 소문은 그것만이 아니었다.

"저 애가 그……?"

"은발에 색이 다른 눈동자, 틀림없어."

"자신을 밀쳐 넘어뜨린 상대에게 손을 내밀어 용서해 주었다며?"

"그뿐만이 아니라, 그 녀석은 그 직전에 바닥에 엎드려 빌라고 강요했다는 모양이야."

"진짜냐. 말 그대로 성녀의 재림이구나."

큰일이다. 그때 무사안일주의로 흘러갔던 것이, 이상한 효과를 낳고 있다.

그것은 내가 상냥한 것이 아니라 귀찮은 일을 피했을 뿐이었다.

게다가…….

"아직 어린데도 청초한 분위기. 틀림없이 마리아 님의 피를 물려받으셨어."

"움츠러든 기색이 없으니까 라이엘 님의 기질도 느껴진다고."

"장래 얼마나 대단한 인물이 될지, 짐작도 되지 않아."

아직 입학식도 마치지 않았는데, 소문이 앞서 나가 터무니없는 사태가 벌어지고 있다.

"제발 그만해 줘……."

나는 이마를 붙잡고, 작게 신음했다. 그것을 보고 레티나는 걱정스러운 투로 말을 걸었다.

"왜 그러죠? 사람이 북적여서 현기증이 나나요?"

"목소리, 커."

"아아, 역시 몸은 강하지 않구나."

"저런 모습이잖아, 연약한 것도 무리는 아닐 테지."

"말 그대로 귀한 집 아가씨. 그러고 보니까 북부 3국 연합의 국왕이 구혼했다지?"

"라이엘 님이 거부하는 중인 모양이지만 말이야."

"그야, 아직 너무 이르잖아. 게다가 떠나보내고 싶지 마음도 뼈저리게 공감이 가."

레티나도 남들보다 훨씬 활발한 소녀인지라, 목소리가 크다.

그런데 큰 소리로 인파에 취하니 마니 말했으니, 그 말이 사실처럼 주위에 인식된다.

게다가 국왕이 나를 신부 후보로 삼았다는 소문까지 퍼지지 않았나.

"괜찮아. 레티나, 빨리 가자."

"그래요? 무리는 하지 마요. 당신은 연약하니까요."

"응."

레티나도 절대로 나쁜 아이가 아니다……. 살짝 트러블 메이커 기질이 있지만, 진심으로 나를 배려해 주고 있다.

원래는 태도를 싹 바꾼 일이 계기가 되었다고는 해도, 지금에 와서는 진심으로 나와——미쉘과도 친구가 되었다. 후작 영애라는 지위를 내세우는 것도 아니고, 순수하게 친구로서 우리를 대해 주는 모습은 솔직히 사랑스럽게 느껴진다.

마음을 먹으면 일직선인 그 성격은, 솔직히 말해서 고마울 정도다. 그 덕분에 미쉘도 순조롭게 도시에 순응할 수 있었다.

나도 레티나를 통해서 도시 사람들과 자연스럽게 이야기할 수 있게 되었다. 이것은 경악할만한 일이다. 전생의 나는 말주변이 없어, 라이엘이나 다른 동료들을 만나기 전까지는 고독했으니까.

나는 대강당에서 지정된 자리에 앉아, 입학식이 시작되기를 기다리고 있었다.

레티나는 아쉽게도 떨어진 자리에 앉았다. 옆에 앉은 여자아이가 이쪽을 슬쩍슬쩍 보고 있는 것이 조금 성가시다.

그 시선에 자연스럽게 무뚝뚝한 표정을 짓게 되지만, 이것만큼은 용서해 주기를 바란다.

그런 표정을 짓고 있는 만큼, 위협으로 느끼지 않으면서 되도록 눈이 마주치지 않게 앞만을 바라보고 행사가 시작되기를 기다렸다.

강당 근처에는 보호자들의 자리가 준비되어 있어, 수많은 귀족이 있는 것을 볼 수 있었다.

우리 집도 피니아가 오고 싶어 했지만, 이번에는 코르티나가 있기도 하고, 평민 출신이 귀족과 같이 나란히 서는 것도 어떤 의미로 불쌍하다 싶으니까, 오지 못하게 했다.

학생에게는 신분제도를 버리라고 당부하지만, 그 가족까지는 어떤지 알 수 없기 때문이다.

그렇게 한동안 기다리고, 마침내 입학식이 시작했다.

입학식 순서를 설명하고, 다음으로 교사의 훈시가 시작된다.

하품이 나올 것만 같은 이야기를 반쯤 흘려들으며 견디고 있었더니, 이윽고 이사장인 맥스웰이 단상에 올라 장황하게 연설하기 시작했다.

하지만 그 내용이 확연하게 수상쩍다.

"에~ 그런고로. 제군에게는 마술학원의 학생으로서~ 아~ 절도를 지키고, 신분에 얽매이지 않고 공평한 태도로~."

평소보다 더 태평한, 길게 늘어트린 목소리로 확연하게 이야기를 끌고 있던 것이다.

어째서 시간을 끌 필요가 있지? 드디어 치매가 왔나? 내가 그렇게 의아해하며 고개를 갸우뚱거렸을 때, 입구 쪽이 소란스러워지기 시작했다.

"빨리 와, 서두르지 않으면 식이 끝나버리잖아."

"미안해. 익숙하지 않은 술법이라 발동하는 데 시간이 걸려서."

큰 목소리로 시끄럽게 떠드는 목소리에 회장 안의 시선이 입구로 모인다.

그 문을 열고 안으로 발을 들인 것은, 코르티나와 나머지 두 사람——

"아, 아직 하고 있어!"

"맥스웰, 나이스야."

"기다리게 해서 미안해요, 맥스웰."

모두 기억에 있는 목소리였다. 아니 그보다, 어째서 올 수 있었던 거지, 라이엘과 마리아?!

의기양양하게 나타난 것은 내 부모와 현재의 보호자. 라이엘, 마리아, 코르티나였다.

갑자기 세 영웅이 나타나는 바람에 회장이 크게 술렁인다.

코르티나와 맥스웰의 존재는 이미 알려졌만, 지금에 와서 라이엘과 마리아가 등장한 것이다.

여기에 가들스가 있으면 영웅이 전부 모이게 되는 것이다.

"다들 왜 이리 늦었느냐."

"미안해. 마리아가 마법을 발동하는 데 시간이 걸려서."

"어머, 당신이 갑옷을 입느라 시간이 오래 걸린 탓도 있잖아요?"

"내 탓이야?"

라이엘은 확실히 본 적이 없는 갑옷을 입고 있었다. 비늘 형태의 장갑을 겹친 소위 스케일 아머라는 갑옷이다. 게다가 그 비늘의 색상은 본 기억이 있다.

저건 사룡 코르키스의 비늘을 가공해 만든 갑옷인가?

"아, 저기 있네. 니콜! 건강하게 잘 지냈니?"

분위기를 아랑곳하지 않고, 나를 찾아내서 크게 손을 흔드는 마리아. 그 목소리에 회상의 시신이 단숨에 나에게 집중된다.

"어――마마, 어째서 여기……?"

나는 일단, 의문을 던져서 상황의 수습을 시도했다. 그런 내 물음에 터무니없는 대답을 하는 마리아.

"우후후. 나, 텔레포트(전이) 마법, 배워 버렸지 뭐니."

잠깐, 갑자기 무슨 소리를 하는 거야. 그때의 내 기분을 한마디로 표현하면, 그런 기분이었다.

텔레포트 마법은 간섭계에서 상당한 상위 마법이다. 말하자면 개인의 위치 정보에 간섭하는 것으로, 자신의 존재를 이동시키는 터무니없는 마법이다.

이동계 마법은 이것 말고도 더 있지만, 특히 텔레포트 마법은 어려운 부류에 속한다. 이동계 중에서 더욱 상위의 마법은, 포탈 게이트(전이문) 정도밖에 없다.

내가 현재 진행형으로 습득을 목표로 삼고 있는 폴리모프 마법과 비슷한 정도로 습득이 어려운 마법이다.

그것을 아주 쉽게 습득했다, 고……?

"이걸로 매일, 니콜을 만나러 올 수 있게 되었네!"

"돌아가, 부탁이야."

"물론 가야지. 마을을 비울 수가 없는걸. 밤에 살짝 얼굴을 보이는 정도밖에 할 수 없단다."

"나는 딱히 머물러도——."

"라이엘, 독신 여성의 집에 머물겠다는 소리야? 나한테 이상한 소문이 날 만한 짓은 사양해줘."

"윽."

미련이 가득한 라이엘의 발언을 코르티나가 차단했다.

적으로 돌리면 무슨 짓을 당할지 짐작할 수 없다. 나도 라이엘도, 그 점은 확실하게 이해하고 있다.

"허허허, 그리운 얼굴이 모였구나. 이야기를 길게 끈 보람이 있었다."

"번거롭게 해서 미안해."

하필이면 단상 위에서 잡담을 시작한 맥스웰에게, 옆에 붙어 있던 교사가 말을 걸었다.

"이사장님, 죄송합니다만…… 대단히 죄송스럽습니다만, 시간도 지연되고 있으니……."

"오우, 그랬었지! 미안하구나. 뭐~ 그런 이유로 학문에 힘쓰도록 하여라. 이상!"

이제까지 잔뜩 이야기를 끌고 왔으면서, 실로 간단히 이야기를 끝내는 맥스웰.

그걸 보고 진지하게 이야기를 듣던 학생들마저 입을 떡 벌리고 말았다.

"좋아, 라이엘. 너는 이 뒤에 한가하겠지. 한잔 어떠냐?"

"아니, 한가할 리가 없잖아. 이제부터 니콜과 함께——."

"뭣이, 옛 동료보다 딸을 챙기는 게냐!"

"당연하잖아!"

같이 술을 마실 상대가 등장해서 흥분을 감추지 않는 영감탱이. 그러고 보니까 나는 전생에서도 술이 세지 않아서, 맥스웰의 저녁 술자리에는 어울리지 못했다.

그래서 저 영감은 항상 가들스나 라이엘을 불렀다.

어찌 되었든 내 부모의 등장으로, 입학식이 엉망진창으로 뒤집어지고 말았다.

게다가 내 얼굴이 쓸데없이 알려지고 만 느낌이 든다.

시작부터 이 모양이라, 나는 앞으로 있을 학원 생활에 막대한 불안이 생길 수밖에 없었다.

그 뒤, 입학식은 순조롭게 끝났다.

쓸데없이 주목받고 말았던 나는, 할 수 있다면 그 자리에서 도망치고 싶었다. 하지만 입학식 다음에는 교실로 가서 교재를 받거나 해야만 한다.

부모인 라이엘과 마리아도, 참석해 있던 귀족들에게 둘러싸여 있었다.

그렇게나 화려하게 등장했으니까 당연한 일이다. 그것에 관해서는 꼴좋다는 기분이다.

　바늘방석 같은 시선 속에서 소속된 반의 교실로 향했다.
　다가오려 하는 귀족 자제가 없던 것은 아니지만, 그런 학생은 후
작 영애인 레티나가 모조리 물리쳐 주었다. 이럴 때는 집안이 격
이 높다는 사실이 실로 고맙다.

　교실로 들어가니 교탁 위에 한 장의 종이가 놓여 있고, 그곳에는
학생의 이름과 번호가 기재되어 있었다. 칠판에는 자리에 대응한
번호가 적힌 그림이 있다.
　즉, 자신의 번호에 맞는 자리에 앉으라는 지시일 것이다.
　"자, 니콜 양. 이 번호의 자리가 당신 자리예요."
　"아, 고마워."
　나는 원래 반마인 출신의 고아이고, 게다가 암살자라는 생활을
보냈기 때문에 이렇게 성실한 학생 생활은 보낸 적이 없다.
　기본적인 교육은 교회 같은 곳의 공부방에서 받고, 나머지는 자
신의 경험과 동료에게 주워들은 이야기에서 배웠다.
　그런 이유로, 이번 입학식에서도 당혹스러운 점이 대단히 많았
다. 그런 모습이 아무래도 작은 동물 같아서 레티나의 보호 욕구
를 자극했던 모양이다.
　"그러려고 한 건 아니었는데 말이지――."
　아무래도 마리아에게 물려받은 미모가, 무엇을 하더라도 애교
를 뿌리는 듯한 분위기를 자아내고 있는 모양이다.

의자에 앉으며 한숨을 쉬고 고개를 숙였다. 뺨으로 청은색 머리카락이 사르륵 흘러내려서 조금 거슬린다.

"기운이 없네요?"

"그야, 그렇게나 눈에 띄고 말았으니까……."

"새삼스럽다 싶은데요? 그 두 분의 따님인걸요."

"그건 그렇지만."

뭐, 이미 일어난 일은 어쩔 수 없다. 게다가 내 마법 실력은 최저 레벨이다. 도저히 기프트 보유자라고는 생각되지 않을 정도로. 사실 이 반에서도 상당히 밑바닥일 것이다.

그 실태가 알려지면, 지금의 주목도 언젠가는 사라질 것이다.

그때까지 이 시선을 참으면, 언젠가는 공기처럼 취급될 것……이라고 생각한다.

미묘한 긴장감으로 가득했던 시간은 갑작스럽게 끝이 났다.

교실 문을 걷어차듯이 열고, 코르티나가 난입한 것이다.

"좋은 아침이야~ 제군. 자자, 자리에 앉아~."

"어? 엇?!"

이 학원에 코르티나가 교원으로 근무하는 것은 익히 알려진 사실이다.

하지만 그 인물이 자신들의 눈앞에 나타나면 역시 경악하게 되는 모양이다. 나도 놀랐다.

"모두 앉았어? 자, 그럼 자기소개를 하겠어요~. 제가 이 반의 담임인 코르티나 입니다~앗!"

"푸웁?!"

생각지도 못했던 코르티나의 담임 선언을 듣고, 나는 성대하게 뿜었다.

참고로 레티나는 눈을 초롱초롱 빛내고 있었다. 덤으로 가슴 앞에 손을 모으고 감격한 포즈도 취하고 있다.

"무, 무무무슨……."

"참고로 아는 사이라고 특별 대우는 안 할 거야, 니콜."

"아, 아우……."

한 방 먹었다는 듯 교탁에서 방긋 웃는 코르티나.

마리아와 라이엘을 데리고 오질 않나, 담임이 되질 않나, 실로 신나게 암약하고 있다. 아니, 이것은 맥스웰의 생각일지도 모른다.

"그러면, 본론으로 들어가겠어. 우선 책상 서랍을 봐. 안에 교과서가 있지?"

나는 말을 들은 대로 서랍을 뒤져 봤다. 서랍이라고 해도 책상 상판 밑에 선반을 단 정도다.

그곳에는 몇 권의 책과 나무를 깎아서 만든 말, 보드가 들어 있었다.

"책은 문법책과 마법 기초이론. 기본적으로 대륙 공용문자와 고대 마법문자를 배워가면서 자신의 마력을 탐지하는 훈련을 할 거야."

그 훈련은 이미 마친 상태라 나는 여유로운 표정을 지었다. 덤으로 문자도 완벽하게 습득했으니까, 이 단계에서는 내가 배울 것은 아무것도 없다.

"어라, 나 학원에 올 필요가 없었던 거 아닌가……?"

생각해 보면 맥스웰에게라도 제자로 받아달라 하는 편이 효율이 좋았을지도 모른다.

"그리고 공부만 하면 성장에 좋지 않으니까 말이야. 기본적인 운동도 해야 해."

"네~?!"

코르티나의 설명을 듣고, 못마땅한 소리를 내는 학생들.

애초에 코르티나라고 하면 전술에서 으뜸인 사람이다. 전장에 나섰던 것도 한두 번이 아니다. 어쩌면 나보다도 많을지도 모를 정도다.

그에 비해 이 반에 있는 것은 어렸을 적부터 마법 수행에 힘쓴, 진정한 비실이들. 신체를 움직이는 것이 특기인 사람은 그다지 없을 것이다.

"투정부리지 마. 연구파 마술사라면 모를까, 모험이든 전장이든 나서려면, 체력도 필요해!"

실전을 헤쳐 왔던 코르티나의 일갈에 학생들의 반론이 그친다.

영웅의 말은 무겁고, 그 이상으로 심기를 거슬리는 것이 두려웠을 것이다.

"오늘은 이것으로 해산이지만, 내일부터는 본격적인 수업이 있을 거야. 앞으로는 몸을 움직일 각오도 해."

"예~."

그래도 기본적으로 어린아이들이다. 단단히 타이르면 말을 들을 줄 아는 순진한 학생들밖에 없다.

요전번에 본 도노반이라는 녀석이 예외였던 것이다.

우리는 그 뒤로 몇 가지 자잘한 주의사항을 코르티나에게 듣고 서야 겨우 해방될 수 있었다.

다음 날부터 본격적인 수업이 시작되었다.

시간표에 따르면 그날 첫 수업은 놀랍게도 기초 체력 단련이었다. 우리는 교실에서 운동복으로 갈아입고 운동장에 집합해, 거기서 처음으로 자신들 이외의 존재를 깨달았다.

이 운동장은 모험가 지원학교과 공동으로 써서, 광장 반대쪽에는 지원학교 학생들의 모습도 보였다.

거기로 코르티나가 다가와 호루라기를 불며 준비운동을 시작하게 했다.

나와 레티나는 둘이서 나란히 서서 유연체조를 하고 있었다.

"우와, 니콜 양은 몸이 유연하네요."

"응. 나는 전위에 서는 일도 있으니까."

"전위에요? 마술사 지망이 아닌가요?"

"아니야. 마법검사 지망."

"그건 또, 높은 목표네요."

마법검사는 마법과 검을 모두 평균 이상으로 습득해야만 한다.

그렇지 않으면 양쪽 모두 어중간해진다. 기량이 부족해서 파티의 균형을 무너트리고 마는 것은 전생에서 이미 경험했다.

"응. 하지만 노력할 거야."

"저도 지고 있을 수는 없겠네요."

"이봐, 거기~. 잡담하면서 준비운동을 하면 다쳐!"

기분 탓인지 코르티나의 표정도, 집에 있을 때 이상으로 밝다.

그러고 보니까 고아원 시찰 때도 아이들과 노는 것을 좋아했지. 나는 어린아이에게 놀림감이 될 뿐이었지만.

"다음은 운동장 세 바퀴~."

"예~?!"

"선생님, 그건 너무 힘들어요!"

연달아 불만의 목소리가 터져 나오지만, 이것은 어쩔 수 없다. 이 넓은 운동장을 세 바퀴 돌게 되면, 거리가 가볍게 1킬로미터를 넘는다.

아이들에게는 너무나도 힘겨운 운동이다.

"괜찮아, 이건 체력의 한계를 측정하는 거니까. 게다가 이 수업은 체력 단련이잖아? 힘들지 않으면 단련이 되지 않아."

"귀신~!"

"악마~."

"아쉬운걸. 나는 고양이야! 자, 뛰어!"

"으아~앙!"

비명을 지르며 학생들이 달리기 시작한다. 함께 나와 레티나도 달리기 시작했다.

나도 마을에서는 매일같이 몸을 단련하고 있었다. 비실한 햇병아리 마술사들에게 지는 일은 없을 것이다.

그렇게 생각했던 시기가, 저에게도 있었습니다.

"헤윽~ 하윽~."

"잠깐, 아직 반 바퀴도 돌지 않았는데…… 괜찮아요, 니콜 양?"

"개, 갠차나아."

"전혀 괜찮아 보이지 않는데요……."

처음 100미터 정도는 순조롭게 다른 학생들을 따라갔지만, 200미터에 도달할 무렵에는 급격하게 속도가 떨어지기 시작했다.

확연하게 체력이 바닥난 전조였다. 참고로 다른 학생들은 이미 아득히 앞서 갔다.

유괴범과 싸울 때는 좀 더 오래 버텼다. 아무래도 계속적으로 체력을 소비하는 운동은, 나에게는 천적인 모양이다.

그때는 정과 동을 반복함으로써 호흡을 가다듬으며 싸울 수가 있었지만, 장거리 달리기에서는 지속해서 끊임없이 체력을 소모한다.

그런 운동에서는 체력의 총량이 적은 나는 오래 움직일 수 없다. 그렇다고 해도…… 좀 지나치게 빠르지 않나?

"이러면서 마법검사가 목표라니……."

"개, 개안, 차나. 지금은 아직——모미, 만드러…… 우읍."

"자, 잠깐! 여기서는…… 선생님, 니콜 양이 한계예요! 빨리, 지금 즉시! 의무병~?!"

목구멍까지 치밀어 올랐던, 반짝반짝하는 위험한 물질은 간신히 삼킨다.

아무리 그래도 이것을 퍼붓게 되면 인간으로서 존엄이 위태롭다.

하지만 그 무리가 남아 있던 체력을 대폭 빼앗은 것인지, 급격하게 눈앞에 어두워져 간다.

"아, 이거…….”

"와와, 잠깐, 니콜 양!”

순간적으로 레티나가 받쳐주려 해 주었지만, 둘 다 어린 몸이다.

서로 뒤엉키듯이 바닥으로 쓰러져, 나는 의식을 잃고 말았다.

다음에 눈을 떴을 때, 나는 의무실에 누워 있었다.

주위를 둘러보니 벽 쪽에는 포션이 다수 보이는 약품 선반이 있고, 주변에서는 희미하게 소독용 알코올의 냄새가 풍기고 있다.

창가에 설치된 책상 앞에는 하얀 가운을 걸친 여성이 한 명 앉아 있었다.

"어머, 일어났니?”

"네, 챙겨 주셔서 감사합니다.”

"제대로 인사를 할 줄 아는 건 칭찬해 주겠는데…… 설마 첫 번째 수업에서 쓰러지는 학생이 나올 줄은 생각 못 했어.”

"죄송합니다.”

아마 보건의일 것이다. 내 곁으로 다가와 손을 잡고 맥박을 쟀다.

하얀 가운에 달린 명찰에는 트리시아라는 글자가 보인다. 생김새는 상당히 미인인데, 어째서인지 부스스한 인상이다. 머리카락이 제대로 정리되지 않아서일까?

"흠, 조금 빠르네. 이건 원래부터 그래?"

"으음, 항상 꽤 빠른 편이야."

"그렇구나. 조금 더 단련하는 편이 좋을지도."

내 맥박은 또래 아이와 비교해도 빠르다. 그리고 체온도 높은 편이다. 트리시아 보건의의 차가운 손이 기분 좋을 정도였다.

"그런데 코르티나 선생도 학생이 쓰러질 때까지 달리게 하다니, 너무하네~."

"이건 내 몸이 약한 탓이야. 갑자기 전원의 몸 상태를 파악하는 건 무리이기도 하고."

"어려운 말을 알고 있네. 하지만 이번에는 좀 그런걸~."

확실히 다른 학생이라면 모를까, 함께 살고 있는 내 체력의 한계를 잘못 파악한 것은 흔치 않은 일이다.

이런 일은 전생을 포함해도 없었다. 아슬아슬한 한계를 요구하는 일은 몇 번이나 있었지만.

"음~ 어째서일까?"

"뭐, 덕분에 잠들어 있는 귀여운 얼굴을 볼 수 있었지만 말이야."

"므으……."

성숙한 여인에게 귀엽다는 말을 듣는 것은, 남자였던 몸으로서 미묘한 기분이 든다. 뭐, 라이엘과 마리아에게 잔뜩 들었기 때문에 새삼스럽기는 하다.

이어서 체육복 앞을 벌려 청진기로 심장 소리를 듣기 시작했다. 서늘한 금속 감촉이 달아오른 몸에 기분 좋게 느껴진다.

"호흡 소리도 딱히 이상은 없는 모양이네."

"응. 그런 이상은 지금까지 없었으니까."

"이렇게 기절하는 일은 많았으려나?"

"자주."

침대에서 일어나지 못했던 유아 시절에는, 기절할 때까지 마력을 조작하는 훈련을 거듭했다.

물론 성공했던 적은 한 번도 없지만, 그래도 정신적인 피로감으로 매일 기절하듯이 잠들었다. 그런 의미로는, 나에게 기절은 별로 드문 일이 아니다.

"뭔가 쓸데없이 힘든 나날을 보내고 있지 않아?"

"목표가 있으니까."

마법검사가 된다. 그리고 이번에야말로 암살자가 아니라, 용사로서 이름을 떨친다. 소질을 타고나지 못한 나로서는, 그 정도는 해야 간신히 무대에 설 수 있다는 것이다.

트리시아 보건의와 그런 이야기를 나누고 있었더니, 의무실 문이 힘차게 열렸다.

"아, 정신 들었어? 걱정했잖아!"

"니콜 양, 정신을 차리셨나요?"

웅성웅성 소란스럽게 발을 들인 사람은 코르티나와 레티나 콤비였다.

침대에 걸터앉아 진찰을 받는 나를 보고 안도의 한숨을 쉬고 있다.

"미안해, 평소라면 확실하게 관리했을 텐데, 니콜이 급격하게 쇠약해져서."

"코르티나가 잘못 예상한 거야?"

"응. 그렇게 갑자기 지칠 줄은 몰랐으니까."

코르티나의 말에, 나는 자신의 빈약함을 통감했다.

"변명하는 건 아니지만, 그렇게 쇠약해지는 건 정상이 아니야. 한 번 자세히 조사해 보는 게 좋지 않을까."

"옛날부터 그런 느낌이었다 싶은데."

코볼트와 싸웠을 때도 급격하게 지쳐서 발이 미끄러지고 말았다.

유괴 사건 때도 미셸이 온 직후 정도부터 갑자기 지쳤다.

지적받고 보니, 확실히 수상한 구석이 많다.

미성숙한 탓에 체력이 없어서 그런가 싶었지만, 어쩌면 이 몸에는 뭔가 결함이 있을지도 모른다.

트리시아 보건의에게 몸 상태의 이상을 지적받은 나는, 코르티나의 허가를 받아 정밀검사 예약을 했다.

이 마술학원은 지식의 전당을 표방하는 만큼, 그런 의료 설비도 갖추고 있다. 검사에도 준비가 필요하니 곧바로 받을 수 있는 것은 아니지만, 가까운 시일 내에 봐준다는 모양이다.

신학기 연례행사인 신체검사 날이 유력할 것 같다고 말했다.

검사를 예약했다고 해도, 다른 날에는 평범하게 학원 생활을 보내야만 한다.

오전 중 수업을 마친 나는 레티나와 함께 교내를 산책했다.

신입생인 우리의 수업은 오전 편성만 있다. 떠들지만 않으면 상급생 반을 복도에서 바라보거나 하는 것도 가능하다. 그런 호기심을 채워줌으로써, 본인에게 배움의 방향성을 정하게 한다는 방침도 있다고 한다.

"정말로 몸이 괜찮은 건가요?"

"응. 조금 익숙하거든."

의무실에서 교실로 돌아온 나를, 반 아이들은 안심한 표정을 짓고 맞이해 주었다.

아무리 그래도 동급생이 첫날에 하늘나라로 가거나 하면 충격이 너무 클 것이다. 그때 들려왔던 '역시 몸이 가녀린 만큼 체력은 없구나.' 라는 소리는 못 들은 셈 치자.

방과 후까지는 일반적인 학과 수업이어서, 나는 충분히 몸을 쉴 수 있었다.

체력이 회복되어서, 나는 레티나를 동반해 특별교실을 견학하고 다니기로 했다.

다른 학생도 클럽 활동 등을 미리 알아보려고 교내 곳곳으로 흩어졌으니까, 이것은 딱히 눈에 띄는 행동이 아니다.

"그래서, 이 특별교실에는 무슨 볼일이 있어서 온 건가요?"

"조금 조사하고 싶은 것이 있어서 말이야."

우리가 찾아온 곳은 특별교실 중에서도 음악실이라고 불리는 교실이다.

커다란 피아노가 있고, 그 밖에도 다수의 현악기가 벽 쪽에 나란히 놓여 있다.

'마술학원에 왜 음악?' 이라고 생각할지도 모르지만, 예로부터 노래는 주문과 친화성이 좋고, 노랫소리 그 자체에 마력을 담는 갈드(주술 노래)나 장소술(長嘯術)이라는 장르도 존재한다.

그런 것을 배우기 위해, 이 음악실에는 풍부한 기재가 준비되어 있었다.

"혹시, 피아노에 흥미가 있나요?"

"응."

나는 솔직하게 고개를 끄덕여 보였다.

그 유괴범과의 싸움에서 자신의 결정력 부족을 통감했다.

내가 지닌 기프트는 실 조작이라는 잔재주 종류지만, 동시에 그 신이라는 존재가 최강이 될 수 있다고 보증해 준 능력이기도 하다.

아니, 지금 다시 생각해 보면 내가 지닌 기프트라는 말밖에 하지 않았던가? 세 개나 있으니까 뭘 지칭한 것인지 알기 어렵다.

어찌 되었든 실 조작을 효과적으로 활용하려면 그만한 실이 필요하다. 피아노 줄처럼 강인한 실은 꼭 손에 넣고 싶다.

"피아노를 치고 싶다니, 의외로 소녀다운 취향도 있네요."

"어? 치는 것에는 흥미 없어."

"예? 그럼 바이올린을?"

"아니야."

복도에서 그런 대화를 나누고 있었더니, 안에서 조율하고 있던 교사가 까치발로 서서 안을 들여다보는 이쪽을 알아챈 모양이다.

신입생이 음악실 밖에서 갖고 싶은 기색으로 안을 들여다보고 있으면 신경 쓰이지 않을 리가 없다. 그 교사도 상냥하게 말을 걸어주었다.

"어서 와. 신입생이니?"

그 여교사의 질문에 우리는 동시에 고개를 끄덕였다.

"악기에 흥미가 있는 걸까?"

"굉장히."

"그럼 살짝 연주해 볼래? 지금은 다른 학생도 없으니까."

"그래도 돼?!"

교사가 불러서, 우리는 의욕적으로 음악실로 들어갔다. 교사는 이쪽이 연주에 흥미가 있다고 생각하는 모양이지만, 지금은 그런 것은 아무래도 좋다.

안으로 총총 들어가, 피아노의 주변을 뒤졌다.

마침 한창 조율을 하던 중이었는지, 작업 상자에 피아노 줄이 한 묶음 들어가 있었다. 이것을 슬쩍 주머니에 넣었다.

"씨익…… 계획대로."

"뭐가 말인가요?"

"히악?!"

내 등 뒤로 다가왔던 레티나는 어느새 바이올린을 들고 있었다. 음악실을 이용하는 학생이 적은 것인지, 교사도 즐거운 듯이 돌봐주고 있다.

"레티나는 바이올린을 켤 수 있어?"

"숙녀의 기본 소양이에요!"

자세를 잡은 채로 가슴을 펴고 대답하지만, 아무래도 수상쩍다.

"사실은 어때?"

"실은 어머니가 잘하셔서……."

"동기는 뭐든지 좋단다. 흥미가 있다면 켜 보렴."

"그래도 되나요?"

"너희 말고는 학생이 없다고 말했잖니. 게다가 이곳은 방음설비가 갖추어져 있으니까, 다소 소음을 내더라도 괜찮단다."

방음이라는 말을 듣고, 나는 살짝 안 좋은 기억을 떠올리고 있었다. 그 방음 마법에 바로 얼마 전에 호되게 당했었다.

하지만 그런 내 마음도 모르고, 교사에게 재촉받은 레티나는 간단한 연습곡을 한 곡 연주해 보였다.

그 음색은 내가 들어도 아이의 영역을 뛰어넘었다. 의외로 음악 계통에 재능이 있었을지도 모른다.

하지만 내 감탄도, 다음 순간에 안개처럼 흩어졌다.

레티나는 적당한 지점까지 연주하고, 내 쪽을 돌아보고 '씨익' 자신만만한 표정을 지어 보였다. 그 표정에 나는 괜히 경쟁심을 자극받았다.

회수해야 할 피아노 줄은 이미 입수했으니까, 이제는 뭘 해도 된다. 세워져 있는 바이올린을 눈대중으로 흉내 내 어깨에 걸치고, 공손하게 자세를 잡았다.

그리고 뇌리에 떠오른 곡을 연주하기 위해, 현을 당겼다.

──끼익깨에에에에엥.

"노오오오오오?! 스톱, 스톱이에요, 니콜 양!"

"으햐우와아아아아아아아?!"

마치 거대 몬스터의 비명 같은 소리가 울려 퍼지고, 교사와 레티나가 몸부림쳤다. 수수께끼의 괴음파를 지근거리에서 듣고, 연주했던 나도 기절하는 줄만 알았다.

"이, 이건——뭐라고 할지, 이 정도의 소리는 오랜만에 들었네."

"그 정도야?"

"그게…… 틀림없이 연습하면 제대로 된 음악이 될 거란다?"

나를 배려해 말을 고르는 교사. 응, 좀 전의 소리를 들으면 나라도 안 되겠다고 이해할 수 있다.

"니콜 양, 당신은 생김새와는 어울리지 않게 이런 문화적인 일은 서투네요?"

"문화적인 게 뭐야? 그리고 나는 시골 평민이거든."

"그 부모님을 생각하면, 그런 사실을 완전히 잊어버리게 되네요."

하지만 우리가 더 방해하는 것도 교사에게 미안하다. 조율 작업 중이었는데, 완전히 작업의 손을 멈추게 하고 말았다. 게다가 피아노 줄도 한 묶음 훔쳤다. 있는 대로 폐를 끼쳤다.

우리는 음악 교사에게 고맙다고 인사하고, 서둘러 음악실을 뒤로했다.

그날 밤, 나는 은밀 기프트를 사용해 코르티나의 집을 빠져나왔다. 낮에 훔쳤던 피아노 줄을 활용해 보기 위해서다.

도시 바깥으로 나가기 위해서는 문을 통하든지, 벽을 넘는 수밖에 없다. 그래서 도시 안에서 실험할 수밖에 없다.

　이전에 유괴범과 싸웠던 저목장(貯木場).

　그곳은 이미 위사들이 조사한 후 현재는 폐쇄되어 있다. 덕분에 지금은 사람의 눈이 없는 데다가 장애물도 많다. 훈련에 딱 좋은 장소가 되었다.

　그 신이 말했던, 내가 최강이 되기 위한 능력. 지금까지 나는 실 조작 능력을, 말 그대로 실을 조종하기 위해 사용해 왔다.

　하지만 이대로는 최강과는 거리가 멀다. 아마도 사용법을 상당히 연구해야만 할 것이다.

　거기서 생각한 것이 자신에게 실을 두르게 하는 방법이었다.

　나에게 부족한 것은 근력과 지구력이다. 하지만 실만 조종한다면 스태미나 소모는 거의 없다. 내 팔다리를 실로 조종하는 것처럼 하면, 스태미나 부족을 보완할 수 있게 될지도 모른다.

　그것을 실험하려고, 이 장소를 찾았다.

　"자, 그럼──."

　우선은 팔에 실을 감고, 카타나를 손에 든다.

　내 근력으로는 카타나를 한 손으로 들 수가 없다. 하지만 실 조작을 통해서 자신의 근력과 같은 정도의 힘으로 조종할 수 있다. 원래의 근력과 실의 조력이 있으면, 한 손으로도 검을 휘두를 수 있을지도 모른다고 생각하고 있었다.

　우선 천천히 카타나를 들어 보니, 한 손으로도 충분히 버틸 수 있다.

"오, 의외로 할 만한가……?"

그렇게 생각해 가볍게 검을 휘둘렀다. 드는 것만이 아니라, 검을 휘두를 수 없으면 의미가 없다.

그러자 단 한 번 휘두른 것으로―― 내 팔이 찢겨졌다.

"아흐윽?!"

윗옷의 소매를 찢고, 나선을 그리듯이 피가 뿜어 나오고 있다. 게다가 그 기세는 상당히 격렬하다.

"크, 큰일났――."

나는 황급히 실 조작을 해제하고, 피아노 줄을 팔에서 벗겨냈다.

팔의 상처는 상당히 깊어, 천을 감는 정도로는 얼버무릴 수 없을 정도의 출혈이었다.

"큰일이네, 이거…… 어떡하면 좋지……."

지금의 나는 치유 마법을 쓸 수 없다. 이 상처를 끝까지 감추는 것은 불가능할 것이다.

내일 아침이 되면 피니아에게, 아니 코르티나에게도 틀림없이 들킬 것이다.

"아~아, 기프트는 강력한 것일수록 반동도 심하니까, 조심해야지요."

"누구냐!"

갑자기, 등 뒤에서 태평한 목소리가 들렸다. 하지만 그 목소리는 들어본 기억이 있었다.

거기에는 상상했던 대로 온통 흰색으로 칠한 모습을 한 자칭 신이 있었다.

생김새만이라면 절세의 미소녀. 그것이 살짝 촌스러운 안경과 어째선지 대형견용 목줄을 하고 있는 모습은 기묘하고, 배덕적인 인상을 주고 있다.

"너……."

"자, 손 주세요. 원래 이런 간섭은 좋지 않지만 말이에요."

"무슨 소리야."

"그게 말이죠. 저는 이렇게 보여도 신이니까요~. 공공연하게 사람 앞에 모습을 보이는 것은 좋지 않거든요."

내 손을 잡고 가볍게 두드린다. 그것만으로 상처는 사라졌다.

주문의 영창도, 마법진을 전개하는 모습도 보이지 않았다. 아니, 한순간 마법진이 빛났나? 어찌 되었든 그 한순간에 전개를 마치다니, 믿을 수 없는 숙련도. 마리아라도 이렇게까지 빠른 발동은 가능할지 어떨지…….

"상처도 그렇지만 무리하면 안 돼요. 당신은 현재 여러모로 불안정한 상태이니까."

"불안정해?"

"마법을 쓸 수 없는 전생의 당신 영혼을 마법의 소질이 있는 소체에 넣은 거니까 당연히 불량이 생기죠."

"어째서 그렇게까지 나를 돌봐주는 거지?"

"음~ 비밀이에요."

애교가 가득한 표정으로 윙크를 보내는 신. 어린 소녀 같은 모습을 하고 있지만 그런 동작은 요염함을 느끼게 한다.

"그것보다도 말인데요. 실을 외부 동력으로 사용하는 것은 잘못되지 않았지만, 실이라는 것은 그것만이 아니지 않을까요?"

"뭐라고?"

"너무 많은 힌트를 주는 것도 문제가 되니까, 이 이상은 비밀이지만요."

뒤로 폴짝 뛰어서 나와 거리를 벌린다.

"그러면 앞으로는 조심해요. 레이드 알바인 군."

"내 성까지 알고 있는 거냐."

"그야 물론이죠."

알바인. 그것은 내가 사룡 퇴치를 위해 나라를 떠나기 전에 사용했던 성이다. 귀족은 아니지만, 그럭저럭 유복한 일족이었다.

하지만 나는 반마인으로 태어난, 소위 말하는 돌연변이였다. 그래서 아무렇지 않게 고아원에 버려진 경위가 있다.

이름을 맞춰 허를 찔린 틈에 신은 또 뛰었다. 그리고 그림자에 섞여들고 순식간에, 이 자리에서 모습을 감췄다.

그 흔적은 전혀 남지 않았다. 아니, 완치한 내 팔만이 그 흔적이라고 할 수 있을 것이다.

"이왕 이렇게 된 거 옷도 고쳐 주고 가라고, 신님……."

내 윗옷의 소매는 피아노 줄에 너덜너덜하게 찢겼고, 게다가 피투성이였다.

이래서는 빨아달라고 내놓지도 못한다. 이 윗옷은 폐기해야만 할 것이다. 그렇다고 해도 상반신 알몸으로 돌아가는 짓은 피하고 싶으니까, 소매 부분만 잘라내 걸치기로 했다.

그리고 조금 전 신에게 들은 말을 곱씹었다.

실은 그것만이 아니라고 했는데, 잘 모르겠다. 하지만 실로 근력을 보조하는 것은 잘못되지 않았다고도 말했다.

그렇다면 이 사용법이라도 생각하는 방향은 틀리지 않았을 것이다. 피아노 줄이 아닌 털실을 사용해 팔에 둘러, 조금 전과 같은 요령으로 검을 들어 봤다. 이번에는 털실의 부드러움 덕분에 팔이 찢어지는 사태는 벌어지지 않았다.

"검을 휘두를 수는 있군……."

하지만 두 번, 세 번 휘두르는 사이에 찌직찌직 소리를 내기 시작하고, 이윽고 털실이 뚝 끊어지고 말았다.

근력 보조에 쓰기에는 강도가 부족했던 모양이다.

"흠…… 주홍 하나, 군청 하나, 황금 셋——인챈트."

매번 사용하는 인챈트 마법. 본래의 영창은 마력치의 설정 뒤에 이미지를 유도하는 보조 주문이 필요하지만, 이 마법을 사용하는 것에도 익숙해져, 지금에 와서는 사용하지 않고도 발동할 수가 있게 되었다.

털실을 강화하고 나서 조금 전과 마찬가지로 검을 휘두른다. 두 번, 세 번—— 열 번. 스무 번을 넘어도 털실은 끊어지지 않았다.

"이거라면 실전에도 쓸 수 있겠군. 한 손으로 검을 휘두를 수 있는 것만으로도 큰 진보야."

한 손으로 검을 휘두를 수 있다는 말은, 다른 손을 자유롭게 쓸 수 있다는 것이다. 하지만 한 손은 실을 쓰기 위해 비워두어야만 하니까 실질적으로는 별 차이가 없나.

이어서 다리에 털실을 감아 기동 훈련을 해 보았다.

나의 실 조작 능력은 접촉만 하면 자유자재로 조종할 수가 있다. 즉, 한 손으로 최대 다섯 개까지 다룰 수가 있게 된다.

왼손으로 실을 쓰고, 오른손과 양다리를 조작하면, 대폭 전투력이 증가하게 될 것이다.

실의 수를 늘려 양다리를 실로 강화해 가볍게 한 걸음을 내밀어 봤다. 그러자 내 몸은 상상을 뛰어넘는 기세로 앞으로 튀쳐나갔다.

"우어어어?!"

제동을 걸지 못하고, 저목장의 목재에 머리부터 처박히고 만다.

쾅하는 충격이 코끝에 흐르고, 눈앞에 별이 흩어졌다.

다음 날, 나는 아침 식사를 하기 위해 식당으로 향했다.

얼굴을 닦고 옷을 갈아입은 후 거실 테이블에 앉은 나를 보고, 피니아는 신기하다는 듯한 목소리로 말했다.

"니콜 님, 그 코는 어쩌다 그러신 건가요?"

내 코는, 순록 저리 가라 할 정도로 빨갛게 부어올라 있었던 것이다. 그 얼굴을 보고, 놀라움의 표정을 짓는 코르티나와 피니아.

"살짝 침대에서 떨어졌어."

불만스러운 표정으로 나는 그렇게 말하고, 피니아가 가져온 핫 밀크를 입에 댔다.

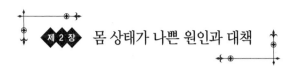

나는 그 뒤로 한동안 학원을 다니며 실 조작을 이용한 신체 능력을 보조하는 훈련을 이어갔다.

첫날에 갑자기 의무실로 실려간 것을을 보고, 나는 아무래도 주위에서 곱게 자라서 허약한 처자로 인식되고 만 모양이었다.

"역시 라이엘 님이 애지중지해서……."

"듣자니 얼마 전에도 방과 후에 음악실에 드나들었다는 모양이야."

"음악실?"

"얼마 지나지 않아서 바이올린의 아름다운 음색이 흘러나왔다던가."

"헤에, 역시나 영웅의 따님은 교양이 다르구나~."

어째선지 그날, 레티나가 연주했던 바이올린이 내가 연주한 것처럼 되었다.

초년생도 음악 수업이 있지만, 기껏해야 리코더를 이용해서 기초 기술만 습득하는 것이 다행이다. 만약 실제로 연주하게 되면, 탄로가 날 뻔했다.

일일이 수정하는 것도 귀찮으니까, 나는 그것을 수정하지 않고 자기 자리에서 뜨개질을 이어가고 있다. 이 뜨개질은 손끝의 움직임을 단련하는 것과 함께 실 조작의 연습도 된다.

덤으로 완성된 머플러나 스웨터는 선물해 주면 기뻐하니까, 일석이조다.

그런 이유로 우리 집에는 머플러와 스웨터가 대량으로 존재했다. 공을 들이게 되면 벙어리장갑 같은 것도 있다.

지금 뜨개질하고 있는 것도, 코르티나의 갖고 싶다는 듯한 시선을 이기지 못했기 때문이다.

원인은 간단하다. 라움으로 손쉽게 올 수 있게 된 라이엘과 마리아가, 코르티나에게 내가 짠 스웨터를 보여주고 자랑했던 것이 계기였다.

자랑하는 것을 본 코르티나가 '나도 갖고 싶네~ 짜주지 않으려나~.' 하고 끈질기게 압박한온 것이다. 그것도 대놓고.

물론 강요하는 것은 아니지만, 집주인의 요청이라면 거절하는 것도 마음이 내키지 않는다.

덕분에 나는 아침부터 뜨개질에 열중할 수밖에 없게 되었다. 부지런히 뜨개질에 열중하는 나를, 레티나가 신기하다는 듯이 보고 있었다.

"특이한 일이네요. 당신이 여성스러운 취미에 몰두하고 있다니."

"실례잖아. 그 이전에 뜨개질은 딱히 여성의 전유물이 아니야."

전생에서도 남의 눈에 띄지 않는 곳에서는 이렇게 손끝을 단련하고 있었고, 모험 중에도 망가진 옷가지는 나와 마리아가 수선했다.

참고로 라이엘과 가들스, 코르티나에게 이런 작업은 무리다. 맥스웰에 이르러서는 바늘구멍이나 실이 노안으로 보이지 않아서 불가능하다.

이렇게 자리에 앉아 뜨개질을 하고 있으면, 주위에서 뭔가 선망하는 듯한 시선이 날아온다.

그리고 보니까, 지금은 그 시선이 없네?

"그런데 준비하지 않아도 괜찮나요?"

"어? 뭐를?"

그 말을 듣고 나는 고개를 들었다. 그러자 주위에는 옷을 벗은 학생들이 안절부절못하며 대기하고 있었다.

"어라, 어째서 모두 옷을 벗고 있는 거야?"

남녀가 같은 교실에서 벗고 있지만, 전원이 열 살에도 미치지 못한 나이인지라, 전혀 기쁘지 않다.

말을 걸어온 레티나도 팬티 한 장만 걸친 차림이다. 아래는 훌륭한 호박 팬티다.

"오늘은 신체검사 날이잖아요?"

"아, 그랬던가?"

수업 내용이 문자 공부라든지, 나라의 역사라든지 하는 기초지식뿐이라, 나는 수업을 흘려듣고 있을 때가 많다.

그래서 신체검사가 있다는 이야기도 같이 그냥 넘겼을 것이다.

나 혼자 늦어지는 것도 부끄러운 일이니까, 곧바로 뜨개질 세트를 통학용 두루주머니에 쑤셔 넣고 훌렁 옷을 벗어 던졌다. 기본적으로 재킷, 셔츠, 스커트뿐이라 벗는 것은 대단히 간편하다.

여성으로서는 조금 조심성이 없는 행동이기는 하지만, 어차피 주위도 나도 아직 어린아이이다. 탈의실조차 준비되어 있지 않은 나이니까 수치심이 생길 이유가 없다.

"그러고 보니까 오늘은 방과 후에도 검사였던가?"

"검사…… 아아, 요전번의 그거."

"응. 정밀검사."

내 정밀검사라는 말을 듣고 교실 안이 웅성웅성 술렁이기 시작했다. 같은 반 여학생이 머뭇거리며 질문했다.

"저기…… 니콜, 몸이 안 좋아?"

"음~ 조금 지치기 쉬우니까, 한번 조사해 보자는 말이 나와서 말이야."

가슴 앞에서 손을 맞잡고, 온몸으로 걱정하고 있습니다 오라를 내뿜고 있다. 강아지 같은 느낌을 주는 아이다.

미셸 같은 활발한 계통의 강아지가 아니라, 응석을 부려오는 애완견 강아지.

"저기, 미안해. 이름이——."

"아, 그렇지. 아직 자기소개하지 않았으니까. 나는 마치스 홀튼이라고 하는데, 홀튼 상회의……."

"아아, 거기."

그 상회의 이름은 이전부터 들어본 기억이 있다. 이 라움에서도 가장 큰 상회다. 지난 생에서도 이 나라를 방문했을 때, 나도 몇 번인가 신세를 졌던 일이 있었다.

그런가…… 그렇다는 것은, 당시의 그 젊은 간부의 딸인 건가.

아는 사람의 딸이 이렇게 눈앞에 나타나니, 뭐라 말하기 어려운 깊은 감회를 느끼게 된다.

"음, 시대의 흐름이 느껴지는군."

"뭐, 뭐라고?"

"신경 쓰지 마. 걱정해 주어서 고마워."

나는 그 아이에게 오른손을 내밀어 악수를 청했다. 상대도 머뭇거리며 그 손을 맞잡아 주었다.

그 손은 피부가 하얗고 말랑말랑해서, 장래가 유망해 보이는 것이 대단히 흡족하다. 지금은 내 취향에서 살짝 벗어나 있지만. 나는 늘씬한 여성이 취향이다. 예를 들면 코르티나 같은?

"저기, 친구가 되어 주지 않을래?"

"물론이지. 나는 미쉘이라는 아이밖에 친구가 없었으니까, 기뻐."

"잠깐, 저는요?!"

뒤에서 시끌벅적 소란을 떨기 시작한 레티나는 무시한다. 너는 어느 쪽인가 하면, 귀찮은 부하다.

그때 기세 좋게 문을 열고, 코르티나가 난입해 들어왔다.

"좋았어, 제군. 준비는 확실히 되어 있는 모양이네. 그럼 신체검사를 하러 가 봅시다!"

"코르티나 선생님, 어째서 그렇게 흥분하고 있는 거야……."

"여자는 확실하게 가슴 사이즈를 나에게 보고할 것."

"아니, 아직 커지지도 않았는데."

"남자 제군은 지금 사이에 똑똑히 봐야 해. 장래에는 보고 싶어도 볼 수가 없으니까."

코르티나의 문제 발언 직후, 반 남학생의 시선이 일제히 내게 쏠린다.

아무리 그래도 그 감촉에는 온몸에 닭살이 돋아, 저도 모르게 가슴팍을 가리고 말았다.

"코르티나, 쓸데없는 소리 하지 마."

"아하하, 미안~."

여전히 전투 이외에는 떠들썩한 녀석이다.

나는 한숨을 내쉬며, 신체검사 장소를 향했다.

측정기구가 설치된 의무실에서는 학생들이 신장과 체중을 측정하고는, 다음 측정을 하러 간다.

체중 측정 줄에 서서 나는 손에 든 파일에 기입된 수치를 보고, 몰래 한숨을 내쉬었다.

"키, 별로 자라지 않았어."

"니콜 양은 작네요."

"작다고 하지 마."

그러는 레티나의 파일을 들여다보니, 나보다 10센티미터 넘게 키가 크다.

레티나는 반에서도 특히 키가 큰 편이니까, 나와 나란히 서면 대단히 어른스럽게 보인……다기보다 나이가 많아 보인다. 반대로 나는 마치 인형 같은 인상을 줄 것이다.

하지만 이렇게까지 체격이 늘어나지 않는 것을 보니 정밀검사에서 이상이 있는 편이 고마울지도 모르겠다.

마리아에게는 미안하지만, 보통 상태에서 이렇다면 장래가 조금 불안하다.

옆에 선 레티나는 나이치고는 키가 크니까, 나와 나란히 서면 이쪽이 올려다봐야만 한다. 꽤…… 아니, 상당히 부아가 치민다.

오늘은 방과 후에 마침내 정밀검사 준비가 끝난다. 나만 다시 한번 이곳으로 와야만 했다.

"하다못해 코르티나 정도의 신장은 갖고 싶어. 마리아까지는 바라지 않을 테니까."

"그건 가망이 없네요~."

"뭐라고옷!"

코르티나는 묘인족이라 인간의 평균치보다는 살짝 키가 작다. 마리아는 날씬한 체격이지만 신장은 평균적이다. 살집도 나쁘지는 않지만 역시 가느다란 쪽이 눈길을 끄는 느낌이다.

라이엘의 좋은 체격은 말할 것도 없다. 장신이면서도 보기 과하지 않을 정도의 근육을 더불어 갖고 있다.

그런 그들의 딸임에도 내 신장은 그 세 사람보다도 크지 못할 것만 같다.

"거기 서, 레티!"

"싫어요!"

짓궂은 소리를 퍼부은 레티나를 쫓아가기 위해, 나는 줄에서 벗어났다.

하지만 그런 내 양 옆구리로 손을 찔러넣어 들어 올린 인물이 있다. 말할 것도 없이, 담임인 코르티나다.

"요것이~ 똑바로 줄을 서야지."

"하지만 레티가——."

"변명하지 마. 자."

나는 인형처럼 안겨서는 체중계에 올려진다. 거기에 나온 수치는, 역시 평균적인 아동보다도 작다.

"하아……."

"이상하네~. 집에서도 밥은 많이 나오고 있는데."

"많이 나와도 먹지 못하니까."

이 신체의 위장은 대단히 작다. 토스트 절반에 배가 가득 차고 만다. 활동에 필요한 최소한의 식사량밖에 섭취하지 못하는 것처럼, 한계치가 낮다.

"으~음, 입이 짧다고는 들었지만, 이렇게까지 살이 찌지 않는다니."

"살찐다고 하지 마."

나는 주먹을 코르티나의 배에 꽂았지만, 효과가 있는 듯한 낌새는 전혀 보이지 않았다.

개인적으로는 푹 꽂힌 느낌이었지만 실제로는 톡 하는 얼빠진 소리밖에 나지 않았다.

뭐, 지금의 내 근력으로는 그 정도가 고작이겠지.

그리고 방과 후. 나는 다시금 의무실을 찾아 왔다.

나 이외에는 함께 와준 코르티나와 이웃한 지원학교에서 미쉘도 와 있었다. 그리고 덤으로 레티나.

문을 열고 안으로 들어가니, 그곳에는 신체검사 때와는 다른 측정기구가 배치되어 있었다. 아마도 신체검사를 마친 뒤 매우 서둘러 준비를 마친 것으로 생각된다.

"어서 와. 그러면 바로 시작해 볼까."

내 얼굴을 보자마자 트리시아 보건의는 주사기를 집어 들고 히죽 웃어 보였다.

조금 커다란 주사기를 과상뇌세 보여준다. 그것으로 미쉘은 한 발 뒷걸음질 쳤다.

"일부러 그러는 거지?"

"응."

미쉘의 반응에 만족스러운 웃음을 보여주는 트리시아 보건의에게, 나는 음습한 시선을 보냈다.

"평범한 아이는 이걸 보면 겁을 좀 먹는데…… 너는 아무렇지도 않네?"

"아픈 것은 비교적 익숙한걸."

"놀랍기는 한데, 실은 좋지 않은 일이란다."

"알고 있어."

아픔은 생명의 위기를 알려주는 중요한 신호다. 그것을 무시하는 것에 익숙해졌다는 것은, 생명의 위험에 무덤덤해진다는 것과 같은 의미다.

전생의 나는 그것에 익숙해져 있었다. 그런 결과가 그 폭주…… 마신과의 대결이라는 결과를 초래했던 것일지도 모른다. 고통이

나 공포에 지나치게 몸이 순응한 탓에 위험에 둔감해졌다는 가능성이 있었다.

　한숨을 내쉬는 내 손을 잡아, 트리시아 보건의는 재빠르게 알코올을 바르고 주사기를 푹 찔렀다. 이쪽이 고개를 숙인 틈을 타고 매끄러운 손놀림으로 채혈한다.

　"아윽."

　"방심은 금물이야. 자, 가만히 있어."

　그리고 나는 몇 가지인가의 검사를 받았다. 혈액검사에 마력검사. 끝에 가서는 상세한 시력 측정까지.

　측정기구에서 수치를 읽어 그 결과를 취합하고, 트리시아 보건의는 생각에 잠기고 말았다.

　"어때, 결과는?"

　"응, 대략 보이기 시작했네."

　"그래?! 그래서?"

　"아마, 마력축과증(畜過症)."

　"마력축과증?"

　박식한 코르티나마저 들어본 적이 없는 모양이었다. 문자로 추측해 보면, 마력을 지나치게 저장하는 증상인가?

　"말 그대로 이건 마력을 체내에 지나치게 저장하고 마는 증상이야. 잠재력의 한계를 넘어서 저장하는 것이 원인."

　"그건, 무슨 소리야?"

　나는 트리시아 보건의에게 다음 말을 재촉했다. 이 허약 체질의 원인을 알 수 있다고 하니, 나도 마음이 조급했던 모양이다.

"원래 마력의 잠재력과 해방력은 균형이 잡히는 법이야. 그런데 너는 그렇지가 않아."

"흥흥."

"어렸을 적에 극히 드물게 발생하는 증상인데, 성장과 함께 해방력도 증가해서 증상이 완화되고 언젠가는 사라져."

"흥, 흥!"

"그런데 너는 그 차이가 지나치게 커서 성장할 때까지 몸이 버티질 못하는 거야. 결국에는 의식을 잃을 때까지 저장해 버리고, 기절 중에 그것을 천천히 방출하는 것으로 균형을 잡고 있어."

"흠, 흠?"

"뭐야 이 아이, 귀여워. 나 줘."

"안 돼."

주먹을 꼭 쥐고 이야기를 듣고 있는 나를 보고 트리시아 보건의는 갑자기 몸을 돌렸다. 내 머리를 껴안고 말하자 코르티나는 망설임 없이 거부 의사를 밝혔다.

"그건 그렇고, 이대로 가면 위험해."

"위험하다니? 기절해서 충분히 해방하고 있다는 거잖아?"

"생명의 위험은 없어. 정신을 잃고 있는 동안의 방출량은, 평상시보다 크니까."

"그럼……."

"하지만 그래도 한도가 있어. 당신의 경우는 해방력의 성장보다도 잠재력 쪽이 더 빨리 자라. 이대로라면 온종일 기절 같은 상태가 될 수도 있어."

"그런……."

아직 어린 상태니까 이 정도로 끝났다. 이대로 악화하면 사태는 나빠질 뿐이다.

"고칠 수 있어?"

"고칠 수 없는 건 아냐. 결국은 해방력만 커지면 되는 거야."

"그런 짓을 할 수 있으면 고생할 일도 없지."

코르티나는 '새삼 무슨 소리를'이라는 표정으로 어이없어했다. 본인도 마법에 좌절한 몸이다. 해방력이 부족하다는 문제가 얼마나 큰 것인지 충분히 이해하고 있다.

"원래라면 훈련이나 성장으로 늘리는 수밖에 없어. 하지만 특효약이 딱 한 가지 존재해."

"어?"

트리시아 보건의는 그렇게 말하고, 고약한 웃음을 싱긋 지었다.

해방력을 늘린다. 원래라면 있을 수 없는 약의 존재를 폭로하고, 트리시아 보건의는 '성공했다'는 표정을 짓고 있었다.

그것은 확연하게 우리의 반응을 보고 즐기고 있는 얼굴이었다.

"자, 잠깐 기다려, 트리시아! 그런 약, 나도 들어본 적이 없어!"

"……………………한 가지라고 했지?"

"응."

"그건 거짓말이야!"

"어느 쪽인 거야?!"

드물게 코르티나 쪽이 농락당하고 있다. 이 트리시아 보건의와 사이가 대단히 좋은 모양이다.

코르티나와 마주하면 다른 교사라도 어딘지 모르게 긴장하는 것을 볼 수 있는데, 트리시아 보건의에게는 그것이 전혀 느껴지지 않는다.

이렇게까지 긴장이 없다는 것은 어쩌면 일상적으로 얼굴을 마주하는 사이일지도 모른다.

"그래. 한 가지가 아닌 것은, 해방력을 늘리는 수단 쪽이야."

"그 밖에도 방법이 있다는 거야? 그런 것이 있었다면 마술사 지망자는 큰 난리가 날 거야."

"그것이 그렇지도 않단 말이지. 내가 알고 있는 것만도 세 가지는 있는걸."

"빨·리·가·르·쳐·줘!"

트리시아 보건의의 목을 조르는 코르티나.

코르티나도 마술사의 기량이 올라가면 할 수 있는 일이 늘어난다. 이 정보는 무슨 일이 있어도 얻고 싶을 것이다.

"으에엑…… 지, 진정해. 잘 들어. 우선 첫 번째, 상식적으로 불가능하다면 상식이 아닌 존재에게 의지하는 것."

"상식이 아닌 존재라니 뭐야?"

"그건 바로, 신."

"있을 리가 없잖아!"

아니, 있어. 게다가 꽤 빈번하게 이 근처를 돌아다니고 있고. 실제로 미셸의 등에는 그 신에게 받은 대궁이 매달려 있다.

"뭐, 이건 현실적이지 않지. 거기서 두 번째. 이건 현실적인 거야."

"시간 끌지 말고 빨리 말해!"

"성미가 급하네~. 그러다 혼기를 놓칠지도 몰라. 아아, 벌써 놓쳤던가?"

"너는! 남의 오래된 상처를 후벼대고──."

"진정하라니까. 두 번째는 초월적인 힘을 지닌 존재를 거두어들이는 것."

"초월적인 존재?"

"구체적으로 말하자면 드래곤."

"푸홋?!"

코르티나는 뿜었지만, 이것도 이해가 가지 않는 이야기가 아니다.

드래곤은 그것만으로도 초월적인 존재다. 그중에서도 사룡 코르키스나 마룡 파브닐, 신룡 바하무트라는 존재는 신에게도 필적하는 힘을 지니고 있다. 그 힘을 거두어들인다는 것은…….

"살을 먹으라는 소리야?"

"니콜은 눈치가 빠르네."

"드래곤을 잡을 수 있을 리가 없잖아. 그런 것과 대치하는 건 절대로 사양할 거야. 바위마저 녹여버린다고."

"하지만 해치운 경험이 있다는 것은, 그 소재도 갖고 돌아왔다는 거잖아?"

"그야, 뭐…….."

그렇다고는 해도, 코르키스의 마지막은 거의 자폭의 형태를 취했기 때문에 살은 거의 얻지 못했다.

기껏해야 비늘과 이빨과 뿔과 발톱, 그리고 가죽 정도.

이것은 우리 여섯 명이 분배해, 각자 비밀 장소에 보관해두었다. 그 장소는 우리도 서로가 모르는 장소다.

살은 힘들더라도 비늘이나 뼈를 깎아 분말로 만들면 확실히 삼키는 정도는 할 수 있을 것이다.

"하지만 그것도 불가능해. 사룡 정도의 초월적인 존재가 되면 그 힘은 너무 강대해. 몸에 집어넣은 단계에 무슨 일이 벌어질지 전혀 예상되지 않아. 최악의 경우 죽음에 이를 수 있어. 오히려 그 쪽이 가능성이 커."

"그러네. 나로서도 환자가 그런 위험을 감수하기를 바라지는 않아. 그래서 세 번째."

"정말…… 엄청 시간을 끌고 있네."

"모처럼 활약할 장면인걸. 이 정도는 해도 되잖아. 세 번째는 여왕꽃의 꿀을 마시는 것."

"여왕꽃──트렌트의 상위종인가."

코르티나는 턱에 손을 올리고 생각에 잠겼다.

여왕꽃은 트렌트의 상위종, 엘더 트렌트보다 더 위의 존재라고도 불리며, 마른 나무 같은 트렌트 종 중에서 유일하게 꽃을 피우는 몬스터라고 한다.

그리고 거기에서 만들어지는 씨앗은, 새로운 트렌트로 성장한다는 이야기다.

그렇다고 해도 그것을 실제로 목격한 사람은 거의 없다. 그만큼 희귀한 몬스터였다.

"발견된 보고 자체가 희귀하잖아. 그쪽도 기대하기 어렵지 않아?"

"그런데 그것이 이 라움이라는 나라에서는 그렇지도 않아. 엘프들이 사는 이 숲의 나라에서는 트렌트가 그리 드문 몬스터도 아니야."

"그렇네. 적대적인 몬스터도 아니니까, 토벌 의뢰도 잘 나오지 않지만…… 잠깐, 많다고?"

"그래. 역시나 눈치가 빠르네. 트렌트의 발생 이유는 여왕꽃에 의한 번식 이외에도 이것저것 있지만, 라움에서는 특히 트렌트가 많아. 그것은 즉——."

"라움에 여왕꽃이 존재한다?"

숲이라는 특수한 환경에 있는 라움 숲 왕국에서는 식물이나 마수 형태의 몬스터가 다수 출현한다. 특히 식물 몬스터는 다른 나라보다도 월등히 많다.

그런 중에서 중립적인 반응을 보이는 트렌트는 그다지 적으로 인식되지 않았다. 그것보다도 우선해서 해치워야 하는 몬스터가 따로 존재하기 때문이다.

그런 환경 탓인지 이 나라에는 온화한 식물 몬스터가 다수 존재한다. 알라우네나 트렌트, 드라이어드 등이 그 대표다.

즉, 이 나라는 여왕꽃이 대단히 살기 좋은 환경이라고 할 수 있다.

"확실히 이 나라라면 근거지로 삼고 있어도 이상하지 않네."

코르티나가 나직이 중얼거렸다. 그 직후——.

"이야기는 잘 들었다아아아아앗!"

쾅하고 기세 좋게 의무실의 문이 내팽개치듯이 열렸다. 문이 열린 기세에, 쨍강하고 문에 달려 있던 창문에 금이 갔다.

동시에 어른들의 이야기를 듣고 있던 미쉘과 레티나가 폴짝 뛰었다. 깜짝 놀랐을 것이다.

이 폭거를 저지른 자는—— 수염 영감, 아니 맥스웰이었다.

"이, 이사장님? 어째서 이런 곳에!"

"음, 라이엘 딸의 몸을 구석구석까지 조사한다고 들어서 말이다."

"뭔가 외설적인 느낌으로 들리는데? 그리고 드물게 이사장실에서 나왔나 싶었더니, 문을 부수지 마."

"금이 간 정도로 투덜거리지 마라. 주름만 생긴다."

"죽고 싶어?!"

가볍게 코르티나를 도발하며 의무실로 들어오는 맥스웰. 이 할아버지가 움직이게 되면 또 소동이 커질 것 같다고, 나는 한숨을 쉬었다.

성큼성큼 실내로 들이닥쳐 멋대로 서랍을 열고 찻잎을 꺼내는 맥스웰. 그 모습을 미쉘과 레티나는 입을 딱 벌리고 바라보고 있었다.

"저 정도로 놀라면 안 돼. 이사장과 코르티나는 자주 여기로 도망쳐 와서 차를 마시니까."

"그, 그런가요?"

"밖에서는 너무 주목을 받아, 마음이 편하지 않을 뿐이야."

"정말이다. 나는 소심한 할아범일 뿐인데 말이다."

"너는 이 나라의 왕족이었으니까 주목받는 게 당연하잖아?"

곧바로 말싸움을 시작한 코르티나를 막고, 나는 맥스웰에게 이야기를 들었다. 이 두 사람을 방치하면 아무리 시간이 지나도 이야기가 진행되지 않는다는 것은 지난 생에도 잘 알았다.

"그래서 뭘 하러 온 거야?"

"음. 우선은 니콜아. 이쪽으로 오려무나."

"예에?"

제멋대로 차를 타고 의자를 꺼내 걸터앉은 맥스웰이 불러, 터벅터벅 곁으로 다가가니 맥스웰은 나를 자기 무릎에 훌쩍 앉혔다.

"아, 치사해. 내가 앉히려고 생각했는데."

"빠른 사람이 임자다."

"저기…… 그건 아무래도 좋고."

"오오, 여왕꽃 이야기였지. 그것이라면 남쪽의 숲에 한 마리 있다."

"정말?!"

무릎 위에서 맥스웰을 돌아봤다. 희귀 몬스터의 소재지까지 파악하고 있다니, 역시 왕실 관계자다.

"적대적이지는 않지만 트렌트도 몬스터이니 말이다. 게다가 무리의 수도 그에 걸맞게 많지. 그것이 만에 하나 우리에게 반기를 든다고 하면 어찌하느냐? 정세를 파악해 두는 것은 당연한 일이지."

"그것도 그런가. 여왕꽃은 지성이 있다고 하니까 트렌트를 이끌

가능성은 충분히 있네."

"이쪽에서 해를 끼치지 않는 한은 그럴 일이 없지만 말이다. 그리고 그 꿀을 손에 넣는다는 이야기는⋯⋯."

"그 방아쇠가 될 가능성이 높은가. 평화적으로 협상할 수 있으면 좋겠지만."

"아무런 배경이 없는 너라면 그것은 기대하기 어려울 테지."

코르티나는 과거의 나와 마찬가지로 딱히 배경을 갖고 있지 않다.

가들스나 마리아 등도 그 나라의 유력자와 혈연을 갖고 있었지만, 나와 코르티나만은 그런 혈연이 없다.

대신에 코르티나의 경우 군과의 관계가 돈독했다. 하지만 그 관계는 나라에서 도망쳤을 때 사라졌다.

"세력이라고 해도 원시적인 것이다. 어느 쪽인가 하면 부족 사회에 가깝지. 그만큼 개인적인 연줄이 크게 작용하지 않겠느냐."

그렇게 말하고 맥스웰은 자기 가슴을 턱 때리려 했다.

참고로 그 위치는 내 머리가 있어서, 직전에 주먹을 잡고 방어해 두었다.

"그래서 나도 여왕꽃이 있는 곳으로 가려고 한다!"

"뭐? 학원은 어쩌려는 거야?"

"그딴 건 원래부터 방치하던 느낌이었으니 아무래도 좋지 않으냐?"

"아니지! 게다가 거친 일이 발생할지도 모르잖아."

"그럴 때를 위해 네가 있는 게 아니냐."

"나도 후방 지원 전문이라고!"

코르티나도 맥스웰도 기본적으로 근접전투는 약하다.

만약 여왕꽃과의 협상이 잘못되어 싸움으로 발전한 경우, 앞으로 나서야 하니 대단히 위험하다.

"그것만이 아니에요. 여왕꽃의 꿀은 그 자리에서 가공해 약으로 만들어, 최대한 빨리 섭취해야만 해요. 즉⋯⋯."

"니콜도 현지에 데리고 갈 필요가 있다는 말이네."

"그래. 그렇다고 한다면, 저희를 지키고 전선에 설 존재는 필수이지 않을까요?"

"그럼 라이엘을 부르면 되지 않으냐. 딸을 위해서다, 그 녀석도 의욕을 내겠지."

"그렇다는 건 마리아도 오겠네. 후방 지원 담당이 너무 많지 않아?"

"흠, 가들스도 부를까."

방어의 대가, 가들스. 대륙 동쪽의 마타라 합종국(合從國) 출신의 용사 중 한 명이다. 신성한 방패를 지니고, 모든 공격을 막는 방어의 달인.

그 녀석의 방패는 사룡의 브레스도 막았다.

"그건⋯⋯."

이번 같은 케이스에서는 확실히 적임자다. 하지만 코르티나는 심하게 내키지 않는 표정을 지었다. 가들스와 틀어진 관계는 17년을 지난 지금도 계속되고 있던 모양이다.

내 죽음의 계기를 불러온 일.

그것은 가들스로서는 절대로 알 수 없는 정보였고, 그 상황은 코르티나로서도 어쩔 수가 없었다. 그 책임을 가들스에게 떠넘기는 것은, 분풀이에 가까운 감정이라는 사실을 코르티나 자신도 이해하고 있었다.

그렇다고 해도 감정이라는 것은 자유롭게 제어할 수 있는 것이 아니다.

가들스도 그것을 알고 있었기에, 말없이 거리를 두고 있었다.

"아직도 연연하고 있는 게냐. 뭐, 이해가 안 되는 깃도 아니다만, 슬슬…… 아니, 그렇지만 이렇게 되면 손이 부족하구나."

우리…… 아니, 맥스웰 등의 레벨 정도가 되면, 요구되는 전방 담당의 레벨은 한없이 높아진다.

이렇게 되면 내 죽음이나 가들스의 불참이 심하게 영향을 미친다. 원래부터 아슬아슬한 인원으로 움직였던 우리는 전력 부족 상태에 빠지기 쉬웠다.

"나도 싸울 수 있어."

그렇기에 나는 전선에 설 수 있음을 주장했다. 어차피 내 몸을 완치하려면 반드시 여왕꽃이 있는 곳으로 가야 한다.

그렇다면 지금부터 전방을 담당할 수 있음을 주장해도 나쁘지는 않을 것이다.

"호호~ 그러고 보니 니콜은 유괴범을 쓰러트렸었지. 장래가 매우 기대되는구나!"

"그러니까——."

"마음은 고맙지만, 얌전히 있어 주면 고맙겠구나."

"아, 예……."

뭐, 그런 반응이 돌아올 것은 예상했던 바였다.

하지만 내 목소리에 편승하는 사람들이 있었다.

"나도! 나도 갈 거야! 니콜을 위해서인걸. 싸우겠어!"

"저도 가겠어요! 불 속성 마법이라면 자신이 있는걸요."

"자, 잠깐 기다리거라?!"

거친 콧바람을 뿜으며 손을 든 것은, 내 친구들이다.

미쉘의 두터운 우정과 레티나가 빠른 눈치는 알고 있었지만, 이런 위험에까지 끼어드는 것은 예상 밖이다.

아무리 나라도 그것은 찬성할 수 없다.

"위험해. 실전이니까."

"친구의 위기를 모른 척하다니, 그럴 수는 없어요."

"그래, 맞아!"

내가 반대하자, 반대로 투지에 불이 붙고 만 모양이다. 둘이서 주먹을 쥐고 항변한다.

미쉘의 완고함은 나도 매우 잘 알고 있다. 이렇게 되면 꿈쩍도 하지 않는다.

그리고 미쉘을 데리고 가는데, 레티나를 데리고 가지 않을 수도 없다.

그런 두 사람의 기세에 맥스웰도 몸을 뒤로 젖히고 질린 눈치다.

"아, 알았다, 알겠으니까 얌전히 있어야 한다 알겠느냐?"

진짜 어쩔 수 없다는 태도로 동행을 허가했다.

두 사람의 참전. 그것은 보호자가 필요한 사람이 늘어나는 것을 의미한다. 나와 트리시아 보건의를 포함해 네 명. 어지간한 전방 담당으로 전부 지킬 수 없다.

"하아…… 어쩔 수 없네. 가들스에게 연락해 주겠어?"

"괜찮겠느냐?"

"이렇게 된 거 어쩔 수 없잖아. 그리고 이제는 매듭을 지어도 될 시기야."

과장되게 어깨를 으쓱이는 코르티나를 보고, 맥스웰은 만족스럽게 웃었다.

그리하여 우리는 라움 남쪽으로 여행을 떠나게 되었다.

그리하여 영웅 다섯 명과 우리 세 명, 보건의인 트리시아를 포함한 아홉 명의 대인원의 원정이 계획되었다.

그렇다고 해도 바로 출발하는 게 아니다. 영웅 세 명은 몰라도 우리에게는 학원 생활이 있으니까, 그렇게 쉽게 쉴 수는 없는 것이다.

이것은 내 몸의 문제이니까 가능하다면 당장에라도 출발하고 싶지만…….

"자~ 이 단어 아는 사람~."

"예!"

"예~!"

"선생님~ 저요~!"

코르티나가 칠판을 탁 치고 단어를 가리켜 학생에게 해석을 요청했다.

칠판에 있는 문자는——'사과' 다.

엘리트라고 해도 이 자리에 모인 것은 고작해야 일곱 살 전후의 아이들. 문자를 읽고 쓰는 것은 기초적인 지식부터 가르쳐야만 한다.

물론 어릴 적부터 엘리트 교육을 받은 아이는 읽을 수 있지만, 그런 학생만 있다고는 단정 할 수 없으니 이런 수업도 교육 과정에 포함된다.

우리 반 담임인 코르티나는 대륙공통어의 읽고 쓰기를 가르치고 있는데…… 그 지식을 이미 습득한 나에게는 지루하기 짝이없다.

그런 상황인데——.

"좋아, 자 그럼 니콜 양."

"어, 또?"

"성적 우수자인걸. 모두에게 모범을 보여야지?"

코르티나는 무슨 일이 있을 때마다 나를 귀찮게 한다.

그 덕분에 나는 학업 우수에 허약 체질의 미소녀 신입생이라는, 약간 잘못된 인식이 학원에서 돌아다니고. 허약 체질은 잘못된 것이 아니지만.

무엇보다 눈에 띄는 외모를 한 레티나와 내가 함께 있는 것 때문에 한층 더 주목받고 있었다. 금발과 은발, '마치 태양과 달 같다'는 그럴싸한 말을 듣고 있는 모양이다.

여하튼 지금은 답을 말할 필요가 있다. 자리에서 일어나 답을 말하고, 총총히 자리에 앉는다. 그럴 때마다 넓적다리 부근의 스커트가 살랑거려서, 너무 이상하다.

마을에서는 약간 긴 스커트 차림이 대부분이고, 훈련 중에는 바지를 입었다. 그런 탓에 이런 학원의 교복처럼 짧은 스커트는 아무래도 익숙해지지 않는다.

그 이전에 피니아가 짧은 스커트 자락을 더욱 줄이는 바람에 무릎 위까지 올라오는 양말과 스커트 밑단 사이의 영역이 강조되었다.

게다가 몸에 달라붙는 반바지 형태의 운동복을 입으려고 하면 이번에는 코르티나가 싫어한다.

그 주장이 '그런 절대 방벽의 안에 또 벽을 세우는 짓은 용서할 수 없어.' 니까, 구제불능이다. 너는 어린 여자아이의 팬티를 보고 뭐가 기쁜 건데.

그날은 수업 중에 마법 실습이 있었다.

운동장 한쪽에 있는 마술 훈련장에 가서 실제로 마법을 쓰고, 발동에 익숙해지는 것이 목적이다.

그리고 거기서 남들보다 더 의욕을 보이는 인물이 한 사람.

"우후후후. 마침내 제 진가를 발휘할 때가 왔네요!"

"레티나, 방해돼."

표적이 설치된 훈련장의 신기함에 학생들은 환성을 터트리고 주위를 둘러본다.

이 훈련장은 외벽과 설비에 대(對) 마법술식을 써서 외부에 그 위력이 흘러나갈 일은 없다…… 이론상으로는.

나는 눈앞에서 우뚝 선 드릴녀…… 아니지, 레티나를 밀어내고 떨어진 장소에 있는 표적을 봤다.

"주목~ 오늘은 실제로 마법을 쏘게 할 테니까, 각오해야 해."

손을 짝짝 마주치며 코르티나가 다가왔다. 평소와 다르게 중장비로 몸을 감쌌다.

"코르…… 선생님, 그 장비는 뭐죠?"

"초보가 마법을 쏘는데 옆에 서면 무섭잖아."

"너무해!"

"믿었어? 농담이야 농담. 이건 너희가 입는 거야. 마법의 폭발은 정말로 무서우니까."

철컹철컹 장비를 벗어 바닥에 떨군다. 얼핏 보면 중장비 같지만, 자세히 보면 사실은 신체 곳곳을 보호하는 경갑옷의 집합체였다.

"익숙해질 때까지는 마법을 쏠 때 반드시 이 방어구를 착용해. 적어도 반년은 입게 할 거야."

그리고는 한차례 설명을 듣고, 마법을 실제로 쏘기 시작한다. 이 시기가 되면 마법을 발동할 수 있게 되어, 반이 넘는 학생이 발동에 성공했다.

그중에서도 남들보다 탁월함을 보인 것이 레티나였다. 한두 발 쏘면 마력이 바닥나는 다른 학생과 비교해, 세 발을 쏘고도 여유를 유지하고 있었다.

게다가 위력도 정확도도 타의 추종을 불허한다. 말 그대로 우등생이었다.

"다음은 니콜이네."

"응."

그리고 내 순서가 찾아왔다. 코르티나에게 재촉받아 몸을 보호하는 장비를 착용하고 나서 표적 앞에 선다.

영창하는 것은 가장 발동이 단순하다고 하는 마나 불릿(광탄) 마법.

"주홍 하나, 군청 하나, 비취 하나, 모인 마나여, 적을 뚫어라──마나 불릿!"

드높게 영창하고 기동 언어를 해방한다. 하지만 마법은 발동하지 않았다.

"으으."

"니콜은 직접 공격 마법에 적성이 없으니까 말이지."

다 아는 사실이라고는 해도 나는 적잖게 우울해졌다. 하지만 나만이 열등생인 것이 아니다. 나처럼 마법을 발동하지 못했던 학생은 적게나마 있었다.

이것은 어릴 적부터 영재교육을 받지 않은 일반인 출신 학생이 대부분이기 때문이다. 그들에게는 체내의 마력을 감지하는 것조차 처음 경험했을 것이다. 갑자기 발동까지 성공하면 기프트를 보유한 내가 설 곳이 없다.

"어쩔 수 없네요~. 여기에 힘을 주는 것이여요, 자 여기!"

나를 위로하는 코르티나와의 대화에 갑자기 레티나가 끼어들었다.

내 배꼽과 허리 부근을 톡톡 두드리며 우쭐한 표정으로 지도해 준다. 솔직히 의기양양한 그 얼굴은 대단히 짜증이 난다. 곱상하게 생긴 만큼 더욱 그렇다. 이것이 귀엽지만 열받는다는 그건가.

"레티나, 솔직히 말하면 나에게 공격 마법은……."

"인간은 하려고 마음먹으면 할 수 있는 법이에요. 아버님이 그렇게 말씀하셨어요."

"뭔가 의미가 다르게 들리는데?"

애초에 나는 해방력에 문제가 있다. 지금 단계에서는 마법을 쏘는 것은 어려웠다.

그래도 레티나는 끈질기게 나에게 들러붙었다. 나는 적당히 상대하며 그날 수업을 끝마쳤다.

하교 때도 레티나는 여전히 내 옆에 있었다. 조금 지나칠 정도로 친근하게 구는 것이 뭔가 이상하게 느껴진다.

교문으로 이동하면서 나는 그런 의문을 레티나에게 말해 봤다.

"있잖아, 어째서 나와 함께 있는 거야?"

"으…… 그야 친구인걸요. 당연해요."

"나 말고도 동급생은 있잖아."

"그것은…… 으으, 심술궂어요."

내 질문에 레티나는 뺨을 부풀리며 고개를 돌렸다. 그 모습은 흔히 볼 수 있는 서민 소녀들과 전혀 차이가 없다.

"왜냐면 후작 영애라는 말을 들으면, 다들 거리를 두고 마는걸요."

"그야 집안의 격을 생각하게 되니까 말이지."

"그런 점에서, 니콜 양은 전혀 신경 쓰지 않으니까요."

"뭐, 부모가 그렇잖아?"

내용물도 부모도 육영웅. 새삼스럽게 한 나라 후작의 딸 상대로 쭈뼛거리거나 하지 않는다.

레티나도 집안 탓에 허물없는 친구를 쉽사리 만들지 못했을 것이다. 그렇게 생각하면 조금 불쌍하다.

그러고 보니 나도 지난 생에서는 친구가 거의 없었다. 동료들을 만나기 전에는 고독했다고 말할 수 있다.

그리고 거의 어쩌다 보니 레티나와 함께 있게 되었지만, 분명하게 '친구'라고 입에 담았던 적은 없었다는 것을 떠올렸다. 그 불안을 해소하기 위해, 여기서는 분명하게 말해 주는 편이 좋을 것이다.

"그렇다면——."

내가 친구가 되어 줄게. 그렇게 말하려고 했을 때, 타박타박 가벼운 발소리가 다가왔다.

"니콜~!"

뒤돌아보자 탄환처럼 달려드는 사람이 눈에 들어왔다. 이웃한 모험가 지원학교에서 하교한 미쉘이다.

내 가슴으로 힘차게 뛰어들어서, 나도 확실하게 받아낸다—— 하지만 내 근력으로는 불가능했다.

쿵. 충격과 함께 그대로 뒤로 자빠지는데, 간신히 뒤에 있던 레티나가 받쳐주었다.

"아이참, 위험하잖아요."

"에헤헤, 미안해~."

"미쉘……이라고 했죠? 당신도 전혀 신경 쓰지 않네요."

"어, 뭐를 말이야?"

어렸을 적부터 이 세계 최고 중요 인사인 육영웅을 접한 미쉘도 전혀 신분의 차이를 의식하지 않는다.

그것도 문제이긴 하지만, 지금의 레티나에게는 고마울 것이다. 나도 미쉘의 이런 부분은 오히려 장점이라고 보고 있다.

"그렇지, 레티나도 함께 가자."

"어, 그게…… 괜찮은가요?"

코르티나와 미쉘의 집이 있는 곳은 라움의 외곽에 가깝다. 마술학원에서는 큰길을 중간에 끼고 남쪽에 있다. 이것은 통학의 편의성을 생각해서 그 위치로 잡은 것이지만, 레티나는 달랐다.

도시 중심에 있는 귀족가. 그곳에 있는 커다란 저택이 레티나의 자택이다. 방향으로는 학원 동쪽이다. '함께 가자.' 라고 하면, 우리와 레티나 중 누군가가 멀리 돌아가야 한다.

"응. 그래. 아, 그렇지. 선배가 맛있는 크레이프를 파는 노점을 알려주었어!"

"미쉘, 마술학원도 모험가 학교도 군것질은 금지 아니었어?"

"어? 저기, 그게…… 세세한 부분은 모르는데?"

"알면서 그러는 거지?!"

아니나 다를까, 미쉘은 중간에 샛길로 빠질 작정이었나 보다. 큰길로 나가면 우리가 멀리 돌아가야 한다.

레티나의 등 뒤에 숨어서 내 딴지를 피하는 미쉘.

이 날렵함도 어린아이 수준을 벗어났다. 이것도 라이엘에게 훈련을 받은 성과다.

그대로 레티나를 미는 것처럼 내 쪽으로 이동한다. 필연적으로 나도 레티나에게 밀려, 억지로 큰길 쪽으로 끌려가게 되었다.

"자자, 빨리 가지 않으면 다 팔려 버린다고 했어."

"아, 알았으니까 그만 밀어요!"

"위험해, 넘어져, 넘어진다고!"

레티나와 마주 보고 있던 만큼 나는 뒷걸음질을 치고 말았다.

셋이서 꺅꺅 소란을 떨며, 결국 군것질을 하러 가고 말았다.

참고로 맛은 좋았다고 말해두겠다. 셋이서 나란히 크레이프를 오물오물 먹는 모습을 보고 점원이 흐뭇한 표정을 지었던 것은 잊자. 내 명예를 위해서.

주말. 우리는 맥스웰의 저택에 집합했다.

맥스웰은 전이 마법도 자유자재로 구사할 수 있어서 각자 자신의 무장과 물, 간단한 보존식만 챙겼다. 숙박할 필요성이 생기면 도시까지 돌아오면 되는 것이다.

내용물은 노망이 나기 직전의 영감이지만, 마법 실력만은 반칙급이다.

"그러면 이쪽은 거의 모인 게냐?"

"그래. 이제는 마리아 일행의 도착을 기다리기만 하면 되겠네."

그렇게 말한 코르티나의 표정은 살짝 딱딱했다.

결국 이번 원정에 가들스도 참가하게 되었기 때문이다.

코르티나 자신이 가들스를 싫어하는 것이 아니다. 오랜 세월 함께 죽을 고비를 넘겼던 사이다. 싫어할 리가 없다.

문제는 본인의 감정적인 부분뿐이다. 단지 그것뿐이지만, 그것 하나가 마음대로 되지 않는다.

"괜찮아?"

"응? 그래. 딱히 그 사람을 싫어하는 것은 아니니까."

등에 손을 대고 묻는 나에게 억지로 웃음을 지어 보이는 코르티나.

그때 전이할 때 생기는 빛과 함께 세 사람의 인영이 나타났다. 말할 것도 없이 라이엘과 마리아, 가들스였다.

마리아는 나를 보자마자 껴안았다.

뒤늦게 라이엘이, 마리아의 뒤에서 자기도 껴안고 싶다는 듯이 조바심을 내고 있다.

"니콜, 잘 지냈니!"

"마마, 어제도 만났잖아."

마리아는 전이 마법을 습득하고 나서는, 매일 밤 내 모습을 보러 마을에서 날아왔다.

고위 간섭계 마법인 만큼 마력 소모도 엄청날 텐데, 라이엘까지도 동반하고 아무렇지도 않게 오는 것을 보면 역시 대단하다.

원래부터 마력 잠재력은 남다르게 높았으니, 이 마법 정도로는 부담도 되지 않을 것이다.

그런 화기애애한 우리와는 대조적으로 가들스와 코르티나는 긴장감을 풍기고 있었다.

"아~ 저기…… 잘 지냈더냐?"

"어, 응. 가들스도 건강해 보이네."

"드워프니 말이다. 수명은 길고, 몸도 튼튼하다. 그리 간단히는 죽지는── 아아, 그게……."

죽는다는 말에서 나를 떠올렸을 것이다. 그것을 깨달은 가들스도 드물게 말문이 막혀 우물거렸다. 드워프답게 고집스럽고 남들을 잘 돌봐주는 이 남자가 말문이 막힌다는 것은, 거의 볼 수 없는 광경이다.

그런 가들스를 보고 코르티나도 크게 심호흡했다.

"괜찮아. 그리고 사과는 내가 해야지. 그때는 감정적이 되어서 미안해."

"아니, 괜찮다. 조사가 어설펐던 내 책임도 있다."

"그것을 조사하는 것이 그 의뢰였잖아. 그 가능성을 배제하고 편한 장비로 현장에 간 것은 우리 실수야."

"그렇다면 서로 긴장감이 부족했었다는 것으로 매듭을 짓도록 하자구나."

찡긋. 얼굴의 주름을 더욱 깊게 만들며 과장되게 오른손을 내미는 가들스. 드워프답게 괴팍한 남자이기는 하지만, 속이 좁은 남자는 아니다.

오히려 배려가 지나쳐 오해받는 일이 많을 정도로 의지가 되는 남자였다.

"그렇네. 이제 레이드 일은…… 잊거나 할 수는 없지만, 더는 미

련을 남기지 말자."

"오냐. 이미 새로운 세대도 태어났으니 말이다."

가들스는 그렇게 말하고, 내 쪽을 봤다.

영웅들의 2세대. 그런 의미로는 나는 그들의 후계자일 것이다…… 굳이 따지자면 당사자가 맞지만.

텔레포트를 쓸 수 있는 사람이 두 명이나 있는 덕분에 일행의 장비는 상당히 가벼워졌다.

물과 간식을 대신할 보존식만 챙긴 멤버가 대부분이다. 애초에 이 멤버로 장기전이 된다고는 거의 생각할 수 없으니까 당연하다고 할 수 있다.

"그러면 슬슬…… 우물, 가보도록 할까나?"

"말린 고기를 뜯으면서 말하지 마. 여전히 긴장감이 없어."

"이 면면이 모였는데, 무슨 일이 일어날 수 있다는 게냐?"

으적으적 말린 고기를 씹으며, 전이 마법을 영창하려는 맥스웰에게 딴지를 거는 코르티나. 그것을 그리운 듯이 바라보는, 나머지 어른 세 사람.

이 도시로 이사를 온 우리에게는 일상이지만, 그들에게는 17년만의 광경이다.

그런데 맥스웰은 이가 아직 멀쩡한 걸까. 참 건강한 영감이다.

"놀라게 했으려나? 하지만 금방 익숙해질 거야."

"그러네. 정말 매일같이 본 광경이어서, 조금 그리워지고 말았네."

눈을 동그랗게 뜨는 미쉘과 레티나에게, 코르티나가 안심시켜 주기 위해 말을 걸었다. 마리아도 나를 안은 채로 감회 깊다는 듯이 중얼거렸다.

　마리아도 라이엘과 결혼해 파티를 해산하게 된 계기가 되었던 만큼, 마음에 걸리는 부분이 적잖이 있었던 모양이다.

　조금 숙연한 우리의 감정 따위는 개의치 않고 맥스웰은 예정을 설명하기 시작했다. 이렇게 분위기를 무시하는 것도 맥스웰의 특징이다.

　"이제 남쪽의 여왕꽃이 있는 숲까지 날아가고, 그때부터는 걸어서 이동해야 한다."

　"직접 있는 장소로는 날아갈 수 없는 건가?"

　제일 먼저 반응한 것은 라이엘이다.

　사룡의 스케일 메일을 몸에 두른 라이엘과 가들스는 통기성에 문제가 있다. 지난 생에서도 중장비였던 두 사람은 습한 숲속 같은 곳에서 항상 불평을 흘리곤 했다.

　이번에 숲속을 도보로 움직인다는 말을 듣고 질색하는 것도 수긍이 간다.

　"녀석들도 트렌트 종이니 말이다. 내버려 두면 멋대로 돌아다니게 되지. 이전에 있던 장소에 아직 있다고는 단정할 수가 없다."

　"그것도 그렇지만…… 숲속인가."

　"무덥겠구먼."

　"너는 더위에 익숙하잖아. 마타라 출신이니까."

　마타라 합종국. 대륙 동부에 있는 나라. 험준한 산과 바다로 둘러싸여 해안이 넓은 지역에 있는 도시국가들이 모여서 만들어진 일종의 연방국이다. 동시에 무더운 나라로 유명하다.

그곳 출신인 가들스는 더위에는 다소 내성이 있었다.

"그래도 불쾌하다는 점에선 차이가 없다."

"너희는 차라리 괜찮지. 나는 털이 딱 달라붙어서 큰일이야."

"깎아라."

"묘인족의 긍지인 꼬리 털을 깎으라고?! 너야말로 가만히 있어. 그 수염을 전부 밀어 줄 테니까."

"드워프의 존엄을 깎겠다고 했느냐! 수염이야말로 드워프고, 드워프란 수염인 것이다!"

서로 수염과 꼬리를 붙잡고 티격대기 시작한 코르티나와 가들스. 이것도 옛날에는 자주 봤지만, 17년 만의 광경이다.

"자자. 오랜만이라 들뜨는 건 이해하지만, 출발 전이니까⋯⋯."

"뭘 남 일처럼 말하는 거야. 라이엘도 깎아!"

"어디를 말이야?!"

"머리카락."

"어머. 대머리는 조금 싫네~. 안 그래도, 요즘 조금 빠지기 시작했는데."

"어, 라이엘 숱이 적어졌어? 진짜로?"

마리아의 충격 발언에 폴짝폴짝 뛰어서 라이엘의 정수리를 보려 하는 코르티나.

라이엘도 그럭저럭 젊어 보이지만, 실은 40을 넘어서 50이 가까운 나이다. 수명이 긴 드워프나 묘인족과는 달리 세월이 눈에 보이기 시작한 것이다.

노화의 기색이 조금도 보이지 않는 마리아가 이상한 것이다.

"뭔가…… 예상했던 것과 다르네요."

"응, 뭐가?"

소란스러운 영웅들을 목격하고 레티나가 나직이 중얼거렸다.

레티나는 생각하는 이상적인 영웅은 중후하고 과묵해서, 서로 눈과 눈으로 마음이 통하는 광경을 기대하고 있었을 것이다.

하지만 실제의 우리는 이것이 본모습이다.

"라이—— 파파는 꽤 한심한 아버지야."

마리아에게 인형처럼 안긴 채, 나는 라이엘을 가리키고 단호하게 말했다.

확실히 저 녀석은 전투 때 타의 추종을 불허할 정도로 의지가 되지만 가정에서는 너무 한심하다.

주말에 물건을 뚝딱 만들지도 않고 쉴 새도 없이 주변 몬스터를 사냥하는 데 불려 나가니까 가족과의 시간을 잘 챙기지도 못한다.

물론 우리를 사랑하는 것은 충분히 이해하고 있지만 그것을 보여주는 것이 매우 서투르다. 그 결과 과도한 신체 접촉으로 애정을 표현하려고 할 때가 많아 나한테 질색당하는 것이 실상이다.

"저기…… 아무리 그래도 그건 아니지 않아요? 뭐랄까, 생각보다 친근하다고 할지, 서민적이라고 할지, 그런 느낌으로——."

지나치게 노골적인 내 지적을 듣고 레티나는 필사적으로 감싸려고 노력해 보지만, 마음에도 없는 말은 쓸모없는 저항으로 끝이 났다.

마을에서도 본 적이 없는 광경에, 미쉘은 웃음을 필사적으로 참고 있다.

"자. 장난은 그만 치거라. 슬슬 출발하지 않으면 해가 저물고 말게다."

"아직 아침이야, 맥스웰. 혹시 노망이 들기 시작했으려나?"

"마리아, 너도 말이 거침없어졌구나……."

평소 들을 일이 없는 마리아의 독설에 맥스웰이 충격을 감추지 못한다. 하지만 나는 알아…… 우리 중에서 가장 속이 새까만 사람은 틀림없이 마리아라고.

"뭐 됐어. 자. 「문」을 열겠다."

개인 지정으로 위치 정보에 간섭해 공간을 전이하는 텔레포트는 아홉 명의 대식구쯤 되면 개별로 전이 마법을 거는 데 마력 부담이 너무 크다.

그래서 맥스웰은 개인의 위치 정보에 간섭하는 것이 아니라 지면의 위치 정보에 간섭하는 상위 전이 마법, 포탈 게이트를 사용하려는 모양이다.

녀석의 마력이라면 개별로 아홉 명이라도 보낼 수 있지만, 당연히 소모는 적은 편이 좋다.

지면에 은색으로 일렁이는 공간이 생긴다. 「문」이 발생했다는 증거다.

이곳으로 라이엘이 뛰어들고, 이어서 코르티나, 마리아, 맥스웰 순으로 뛰어든다. 이런 행동은 나한테도 익숙했다.

"나는 마지막으로 뛰어들 테니 먼저 가도록 하여라."

"어, 아…… 예."

가들스가 마지막에 남는 것도 평소대로다.

뛰어든 곳의 위험에 대처하기 위해 가장 먼저 라이엘이. 이어서 고도의 판단을 내리기 위해 코르티나가. 위험한 상황이라면 라이엘을 보좌하기 위해 마리아가. 그렇게 정하고 전이하는 것이다.

가들스가 마지막에 남는 이유는 후발대에 위험이 미치지 않도록 하기 위해서다.

이런 연계는 세월이 흐른 지금도 아직 변함이 없다.

미쉘과 레티나, 트리시아 보건의가 차례로 뛰어들고, 마지막으로 내가 「문」을 탄다. 그런 내 뒤로 가들스가 따라왔다.

「문」을 넘어가니 주위의 광경이 단숨에 변화했다.

4월인데도 후덥지근할 정도의 열기. 축축하게 피부에 들러붙는 듯한 습기. 비릿한, 코를 찌르는 풀냄새.

먼저 기다리고 있던 맥스웰이 모두가 도착한 것을 확인하고 입을 열었다.

"여왕꽃이 사는 숲은 안정적인 환경이니 말이다. 주변의 생태계를 제압하니, 위험한 몬스터도 없어지는 법이지."

"헤에……."

그 설명을 듣고, 나는 귀를 기울였다.

"그갸아아아아아아아아아!"

"꾸께께께께께! 꾸께께께께께!"

"샤갸갸갸!"

들려오는 짐승들의 사나운 목소리. 여기저기에서 싸우는 듯한 땅울림 소리도 섞여 있다.

높게 자란 수목으로 햇빛은 가로막혔고 어두컴컴한 광경과 어우러져 도저히 평화로운 숲으로는 보이지 않는다.

"맥스웰, 아무리 봐도 이곳에 여왕꽃은 없어."

"………………그런 모양이로구나."

내 지적에 맥스웰은 맥없이 고개를 떨구었다.

주변의 생태계를 여왕꽃이 장악해 균형이 유지되고 있다면 몬스터끼리 다투는 소리가 들리지 않을 것이다. 즉, 이 부근에는 여왕꽃이 없다는 뜻이다.

"수색하는 데 시간이 조금 걸릴지도 모르겠는데. 비전투원들은 중앙에 모여. 내가 선두에 설 테니까 코르티나는 그 뒤를, 마리아와 맥스웰은 좌우를 맡아 줘."

"나는 언제나 가장 뒤로구나."

"가들스, 잘 부탁하마."

라이엘이 재빠르게 지시를 내린다.

과거에는 코르티나 대신에 내가 라이엘의 옆에서 함정 수색 등도 담당했었다.

하지만 지금은 내가 없으니까, 라이엘이 전위를 혼자서 맡아야만 한다.

"어째서 방어의 핵심인 가들스 님이 가장 끝인가요?"

"아, 그건 말이지——."

"그건 후방에서의 습격에 대비할 수 있으니까. 숲속처럼 시야가 나쁜 장소라면, 오히려 뒤에서 습격당하는 것이 위험해."

레티나가 파티 배치에 의문을 보였다. 이것은 신입이 자주 갖는 의문이다. 코르티나가 뭔가 말하려고 했지만, 내가 그 말을 끊고 설명해 주었다.

"오오?"

"야생동물은 경계심이 강하니까 선두를 정면에서 습격하는 일은 사실 거의 없어. 그러니까 뒤를 경계하는 중요성이 높아지게 돼."

"호오오오."

감탄하는 레티아와 미쉘. 어이, 잠깐 기다려.

"미쉘은 사냥꾼이니까 알고 있잖아?"

"그런 이유가 있는 줄은 몰랐어~."

"생각 없이 한 거였어?!"

어떤 의미로 순진한 미쉘은 아버지인 프랑코 씨에게 배운 것을 곧이곧대로 받아들였던 모양이다.

의미를 이해하지 않고 지식과 기술을 계승하는 것은 그다지 좋지 않은 경향이다. 상황에 따른 응용력을 빼앗긴다.

"그렇지. 생각 없이 받아들이는 건 좋지 않아. 그리고 경계도──필요해!"

코르티나가 말하는 사이, 나는 등에 짊어졌던 카타나를 뽑아 휘두──르려고 했다.

하지만 먼저 코르티나의 긴 지팡이가 휘둘린다. 반응은 내거 더 빨랐지만 코르티나의 공격 속도가 더 빨라서 추월당했다.

허리춤에 두었다면 선수를 칠 수 있었을지도 모르지만, 내 체격으로 허리춤에 두면 팔이 짧아 뽑을 수가 없다.

"꺄?!"

턱. 충격음과 함께 레티나의 비명 소리가 들린다. 그 직후, 붉은 물보라가 튀었다.

그곳에는 나뭇가지에 매달려 모가지를 쳐들고 덮치려고 했던 뱀이 한 마리. 레티나에게 달려들었던 그것은 코르티나의 일격에 멋지게 머리통이 깨졌다.

"이런 식으로 숲속에는 위험이 가득해."

"그런데 코르티나는 그렇다 치고, 니콜…… 이었던가? 아가씨의 반응이 빨랐군."

"그렇네. 나보다 빨리 움직이길래 깜짝 놀랐잖아."

원래부터 척후를 담당했던 나는 주변에 대한 경계심이 강하다.

야생생물의 습격이라면 선수를 빼앗기는 일은 거의 없다. 벌처때처럼 색적 범위 밖에서 단번에 급습당하지 않는 이상.

하지만 레티나의 안전이 걸려 있었다고는 해도 순간적으로 움직인 것은 좋지 않았을까? 반사적인 행동이어서 막을 수는 없었다고는 해도 경솔했을지도 모르겠다.

"그게, 미쉘과 숲에 자주 갔으니까."

"그러고 보니까 니콜은 사냥감을 발견하는 것이 능숙해. 나보다 먼저 발견해서, 몰래 다가가서는 슥삭 하고 해치워 버려."

"와~ 사냥꾼의 딸인 미쉘보다 사냥이 능숙하다니, 장래가 유망하네."

"척후의 재능이 있을지도 모르겠구나. 누굴 닮은 것인지."

"니콜은 유능해."

감탄하는 코르티나와 가들스에게 마리아가 가슴을 펴고 자랑했다.

나를 칭찬해 주는 것은 고맙지만 너무 주목받으면 정체가 들킬 위험이 있다.

어떻게 이야기를 돌리면 좋을지 내가 고민하고 있을 때, 희미하게 지면이 흔들리는 진동을 감지했다.

"응?"

지진처럼 계속해서 흔들리는 느낌이 아니라 땅을 정기적으로 때리는 듯한 진동. 이것은 확연하게 대형 짐승이 걸으면서 생기는 땅울림이다.

조금 전의 일도 있어서 보고해야 할지 말지 고민했다. 하지만 결론을 내릴 것도 없이 라이엘이 그 진동을 알아챘다.

"조용히 해, 아무래도 적이 온 모양이야. 그것도 뱀이랑 달리…… 큰 놈이다."

적을 경계해 성검을 뽑고 습격에 대비하는 라이엘. 가들스도 덩달아 방패를 들고 앞으로 나섰다.

콰직콰직 소리와 함께 큰 나무가 꺾이고, 이윽고 그 거대한 몸이 시야에 들어온다.

숲의 나무들을 쓰러트리며 나타난 것은, 몸의 각 부분에 불을 두른 거인…… 파이어 자이언트의 모습이었다.

불의 거인—— 파이어 자이언트는 우리를 보고 속이 울릴 정도로 낮은 포효를 터트렸다. 일단 지성이 있는 몬스터일 텐데, 협상의 여지는 전혀 없어 보였다.

파이어 자이언트란 화산지대에 사는 몬스터다. 딱히 몸에서 불이 나는 거인이라는 뜻은 아니다. 단지 불에 대해서는 강한 내성을 지니고 있다.

그뿐만이 아니라 드래곤처럼 브레스를 토할 수가 있다. 갑자기 후방 담당들이 있는 곳으로 불을 뿜으면 전멸할 가능성도 있는, 대단히 위험한 존재다.

성질은 거칠고, 지성은 있지만 평화롭게 넘어가는 경우는 거의 없다. 5미터를 훨씬 넘는 육체는 간단히 말해 강인하고, 그 강한 완력에서 펼쳐지는 일격은 바위마저도 부순다.

이 녀석이 나타나면 어중간한 모험가로는 맞붙을 수가 없다.

자칫하면 군대가 출동해야 할 정도로 위험한 몬스터. 그것이 파이어 자이언트이다.

"뭐야, 파이어 자이언트인가."

하늘을 찌르는 듯한 거대한 몸. 그 위용을 앞에 두고 가들스는 실망했다는 듯이 말했다.

"맞아. 그 땅울림이라면 어스 드래곤 정도는 나오는가 싶었더니, 그렇지도 않아."

"작전은 필요 없네. 정면에서 밟아 줘."

"나는 놀아도 되겠느냐?"

라이엘도 기대가 어긋났다는 감상을 내뱉고 검을 축 늘어트렸다.

코르티나에 이르러서는 생각을 포기하고, 맥스웰의 옆에 있던 돌에 걸터앉았다.

"——너희 말이야, 좀 경계할 줄 알라고."

그 너무나도 해이한 행동에 나도 모르게 지난 생의 말투로 딴지를 걸었는데, 다행히 아무도 듣지 못한 모양이다.

"무, 무슨 짓을…… 파이어 자이언트는, 인간의 손으로는……."

"빨리 도망쳐야 해, 모두 도망치자."

부들부들 떨고 서로 껴안고 있는 미셸과 레티나. 트리시아 보건의에 이르러서는 다리에서 힘이 풀려 풀썩 주저앉고 말았다.

뭐, 이것이 일반적인 반응일 것이다. 일반인에게는 대처할 방법이 없는 재앙. 그것이 파이어 자이언트인 것이다.

"하지만 우리는 일반인이 아니란 말이지."

나직이 입속으로만 중얼거렸다.

그것을 증명하듯이 라이엘과 가들스가 어슬렁어슬렁 파이어 자이언트에게 다가간다.

마치 산책이라도 하는 것처럼 느긋한 발걸음.

두려워하는 기색을 보이지 않는 두 사람을 보고, 경계하면서도 브레스를 뿜기 위해 크게 숨을 들이마시는 거인.

양자의 사이에——아니, 거인 쪽에게만이지만——긴장의 실이 팽팽하게 당겨진다.

반대로 라이엘은 아예 하품마저 참고 있었다.

그 모습에서 분노를 느낀 것인지 파이어 자이언트는 성난 고함을 터트리며 불의 숨결을 뿜었다.

"부르르르르으으으으으으으으으!"

토해진 불길이 라이엘에게 도달하기 직전, 가들스가 앞으로 나서서 방패를 든다. 그 방패에 막혀서 둘로 갈라지는 브레스.

좌우로 갈라진 브레스는 기세를 잃지 않고 뒤로 빗겨나가 우리를 덮치려고 한다.

그리고 우리가 화염에 휘말리기 직전에 마리아가 짤막하게 마법을 발동시켰다.

"홀리 제일(신의 감옥)."

빛의 감옥을 만들어내는 마법. 감옥 안과 밖을 완전히 차단하는, 마리아가 지닌 최대급의 방어 마법.

과거 사룡의 브레스마저 완전히 막아낸, 모든 것을 단절하는 마법이다.

우리는 마리아의 마법에 보호되어 주위가 불로 뒤덮였음에도 조금도 열기를 느낄 수가 없었다.

이윽고 거인의 숨도 끊겨 브레스가 잦아든다. 그리고 그와 동시에 라이엘이 파고든다.

브레스는 호흡의 일종이기도 하다. 호흡이 이어지지 않으면 계속해서 뿜을 수는 없다. 하지만 공격할 수 없는 것은 아니다. 파이어 자이언트에는 그 강한 완력이 남아 있다.

파고드는 라이엘을 향해 날아드는 주먹. 바위마저 부수는 그것을 가볍게 피하고 거인의 발치로 미끄러져 들어간다.

그대로 엇갈려 지나칠 때 검으로 펼치는 일격. 그 직후에 거인의 무릎 뒤에서 피가 뿜어져 나왔다.

"그갸아아아아아아?!"

오금의 근육이 잘려 한쪽 다리의 자유를 빼앗긴 거인.

비명을 터트리며 자세가 무너지고, 간신히 한 손으로 바닥을 짚어 넘어지는 것을 막는다.

하지만 바닥에 손을 짚고 한쪽 무릎을 꿇은 모습은, 말하자면 머리를 숙인 자세이기도 하다. 거기로 가들스가 달려들어 손에 든 그레이트 엑스를 휘둘렀다.

빠악. 뼈와 강철이 부딪히는 무거운 소리.

동시에 파이어 자이언트의 머리에서 피가 확 뿜어져 나왔다.

하지만 가들스는 공세에 뛰어난 남자가 아니다. 일격에 거인을 처리하지는 못한다.

그래도 머리에 난 상처에서는 대량으로 출혈이 발생하고, 그 피보라가 시야를 차단한다.

좁은 시야 속, 자신에게 뼈아픈 일격을 가한 가들스에게 주먹을 휘두르려 하는 거인. 하지만 가들스는 그 주먹마저도 가볍게 방패로 받아 흘렸다.

"흥, 이 정도라면 사룡의 발끝에도 미치지 못하는군."

보통이라면 방패와 육체가 한꺼번에 으깨져도 이상하지 않을 일격. 하지만 가들스에게는 그다지 무거운 공격도 아니었다.

오히려 산들바람처럼 흘려, 거인의 자세를 무너트린다.

그때 엇갈려 지나쳤던 라이엘이 돌아와 성검으로 일격을 가했다.

잠시 후 거인의 머리가 주르륵 미끄러져 떨어진다.

"그, 그오──?"

등 뒤에서 날아온 일격에, 무슨 일이 벌어졌는지 이해하지 못하고 얼빠진 목소리를 내는 거인.

그 목소리는 잘린 머리가 바닥에 구르고 나서야 입 밖으로 나왔다. 그만큼 라이엘의 일격은 빠르고 예리했다.

"뭐, 이 정도면 되겠지."

라이엘은 성검을 한 번 휘둘러 엉겨 붙은 피를 털어내고 칼집에 넣었다.

가들스도 도끼를 휘둘러 피를 털고는 등에 다시 달고 있었다.

군대가 출동할 필요가 있는 몬스터도, 이 두 사람이라면 갓난아이의 팔을 꺾듯이 손쉽게 목을 쳐내는 것이다.

파이어 자이언트라는 몬스터는 이렇게 간단히 해치울 수 있는 적이 아니다.

그 피부는 단단하고 체력은 풍부해, 원래라면 무릎을 꿇게 하기도 어렵다. 그것을 손쉽게 해낸 것은 라이엘의 기량과 성검의 예리함 덕분이다.

"이, 이 정도라니…… 파이어 자이언트를 저렇게나 간단하게……."

마침내 정신을 차린 것인지, 트리시아 보건의가 신음하듯이 입을 열었다.

하지만 내가 보기에 라이엘과 가들스의 실력이라면 이 정도는 예상한 범위다.

"딱히 이상하지 않아. 왜냐면 라이엘이니까. 그리고 레이드가 있었다면 접근마저 용납하지 않았을지도 몰라."

"그렇지…… 그 녀석이 있었다면, 다가오기 전에 다리를 싹둑 잘라서 움직임을 봉인해 주었을 테니까."

확실히 발뒤꿈치 부근에 실을 감으면 근육을 끊는 것도 가능했을 것이다.

그 뒤로는 움직일 수 없게 된 파이어 자이언트를 마음 내키는 대로 요리하면 그만이다.

"이것이 육영웅의 실력…… 상상을 뛰어넘어……."

트리시아 보건의의 감상에 미쉘과 레티나가 인형처럼 까딱까딱 고개를 끄덕여 동의하고 있었다.

그런 일반인의 경악 따위는 아랑곳하지 않고, 영웅 일행은 길을 서두르려고 한다.

하지만 다리가 풀린 트리시아 보건의는 자력으로 걸을 수 없는 상태였다.

지리지 않았던 것이 여자의 자존심이었을까. 미쉘과 레티나는 공포의 대상으로만 이해하고, 그것이 어느 정도의 위협인지는 정확하게 파악하지 못한 듯하니까.

"잠깐, 기다려…… 아직 다리에 힘이……."

"정말~ 어쩔 수가 없네~."

나는 아직 넋이 나간 눈치인 친구들 놔두고 트리시아 보건의를 부축하려 했다.

이 앞에 무슨 일이 일어날지 알 수 없다. 그렇다면 영웅들의 손은 자유로워야 한다.

그렇다면 트리시아 보건의를 도울 사람은 나머지 일반인…… 즉, 학생 세 사람밖에 없다는 뜻이다.

"고, 고마워. 니콜 양…… 니콜?"

"부르기 편한 대로 불러도 돼요."

트리시아 보건의의 팔을 어깨에 두르고 일어나려나──무게를 못 버티고 넘어지고 말았다. 역시 나로서는 성인 여성을 부축할 수 없다.

"꽤액."

"아아, 트리시아가 니콜을 덮쳤어!"

밑에 깔린 나를 보고 코르티나가 엉뚱한 비명을 터트렸다.

그것에 곧바로 반응한 사람은 라이엘이다.

"뭐라고! 우리 니콜에게 손을 대다니 부럽──아니, 발칙한!"

"하지만 여보, 여자끼리인걸요."

"그렇다면 더욱, 가장 앞에서 관전해야지!"

"──여보?"

깔린 나는 그 표정을 살필 수가 없었지만, 주먹을 쥐고 열변을 토하는 라이엘의 흥분이 빠르게 식어가는 것은 알 수 있었다.

시들시들 풀이 죽은 표정으로 한 걸음 물러나는 라이엘. 그것을 확인하고 나서 마리아는 코르티나에게 지시를 내렸다.

"티나, 당신이 트리시아 선생님을 업어 줘. 당신이라면 사람을 업고도 지시할 수 있잖아."

"조금 더 기다려도…… 아니, 아무것도 아니에요. 업겠습니다."

라이엘과 마찬가지로, 급격하게 태도를 바꾸고 트리시아 보건의 곁으로 다가오는 코르티나.

나도 지난 생의 기억이 있으니까 알지만, 마리아의 저 압박은 조금 진심으로 무섭다.

내 위에서 트리시아 보건의를 훌쩍 들어서 등에 업는다. 하지만 몸집이 작은 코르티나는 완전히 업지 못해서 트리시아 보건의의 발끝이 땅에 닿아 있었다.

"아아, 이렇게 기쁘지 않은 등이라니…… 기왕이면 가들스 님이 좋았어."

"어, 너 가들스를 노리고 있었어?"

"왜냐면 육영웅 중에서 가들스 님과 맥스웰 님뿐이잖아…… 독신 남성은."

"아무리 그래도 무리가 있잖아?!"

가들스는 드워프이고, 맥스웰은 엘프 중에서도 특히 고령이다.

남자를 노린다는 의미로는 확실히 가들스 정도밖에 노릴 대상이 없을 것이다…… 설령 종족적으로 조금 그렇다 하더라도.

"아아, 레이드 님이 살아 있었다면 내가 맹렬히 대시했을 텐데."

"좋아, 버리고 가자."

"노, 농담이야, 농담!"

그 발언에 나는 움찔하고 반응했다.

당시에는 직업상 상당히 두려움을 받던 나였지만 지금이라면 인기가 있는 것인가? 오래 살 것을 그랬다.

"애초에 레이드가 죽었을 때 너는 열 살 정도였잖아. 나이를 봐도 어울리지 않아."

"닥쳐, 아줌마."

"뭐라고?"

트리시아 보건의를 업은 채로 재주도 좋게 서로 뺨을 잡아당기는 두 사람.

확실히 수명을 생각하면 인간인 트리시아 보건의는 힘들다. 드워프도 엘프도, 묘인족도 반마인도 월등하게 수명이 길다.

드워프와 묘인족이 300년, 엘프가 두 배 정도. 반마인과 소인족의 수명에 이르러서는 해명되지 않았다.

뺨을 서로 잡아당기며 그 자리를 벗어나려 하는 두 사람을 보고 마침내 레티나가 제정신을 차렸다.

미셸과 서로 껴안은 채로 간신히 정신을 되찾고 목소리를 냈다.

"저, 저기……."

"응, 왜~?"

"파이어 자이언트는 방치하는 건가요? 상당히 좋은 소재를 얻을 수 있을 것 같은데요."

그 말대로 강인한 파이어 자이언트의 피부는 뛰어난 방어구의 소재가 될 수 있다. 거대한 체구와 파괴력을 지탱하는 뼈도 쓰임새가 넓다.

나로서는 바늘처럼 강인한 머리카락에 흥미가 넘치기는 하지만——.

"음~ 아무리 그래도 어린아이 앞에서 인간형 몬스터의 피부를 벗기고 해체해서 뼈를 끄집어낸다는 건 말이지~…….”

"그리고 이제 와서 파이어 자이언트의 소재는 좀.”

코르티나와 마리아가 나란히 고개를 갸우뚱하며 반론했다.

즉, 우리의 정서교육에 안 좋으니까 파이어 자이언트의 소재는 방치한다는 의미다.

다행이라고 할지, 이 숲속에는 파이어 자이언트의 영향으로 생물 대부분이 도망치고 말았다. 소재를 나중에 챙기러 온다는 선택지도 있다.

게다가 사룡의 소재를 나눠 가진 우리는 그때까지의 활약도 있어서 상당한 부자이기도 하다.

나도 생전에 숨긴 장소에만 가면 그에 걸맞은…… 그렇다기보다 어지간한 도시를 살 수 있을 정도의 자산은 갖고 있다.

단지 그 장소가 대륙 남부의 3대 국가 중 하나인 알레크마르 검왕국이라는 데 있는데, 그곳까지 도달할 수단이 지금 나에게는 없다.

"뭐, 이 정도의 소재라면 지금 있는 장비가 더 고급이고 용돈벌이밖에 안 된단다. 그러니까 길을 서두르도록 하자.”

"저기…… 이 소재만으로도 내 연봉의 몇 년 치는…….”

마리아의 발언에 트리시아 보건의가 충격을 받은 표정을 짓고 있다.

그리고 또 한 가지 진실에 도달했다.

"그래? 코르티나도 상당한 부자인가 보네?”

"그러게…… 라움의 토지라면 절반 정도는 살 수 있을지도 몰라."

"진짜?! 그런 초라한 집에서 살고 있으면서?"

"초라하다고 하지 마! 뭐랄까, 사치를 부릴 마음이 들지 않았을 뿐이야."

"앞으로 술 마시러 가면 네가 사."

"갑자기 뜯어 먹으려고 하니! 여자의 우정은 허망하구나?!"

시끌벅적 소란을 떨며 길을 나서는 코르티나. 우리 세 녕은 황급히 그 뒤를 따라갔다.

그 뒤로 몇 시간, 트렌트 무리를 찾아 숲속을 계속 헤맸다.

하지만 그 성과는 좋지 않아 내 체력이 먼저 바닥을 드러내고 말았다.

마침 점심때이기도 해서 잠시 휴식도 겸해서 가까운 바위 밭에 앉아 챙겨온 보존식을 아작아작 갈아 먹었다.

참고로 내 보존식은 곡물을 구워서 설탕으로 굳힌 것이다. 이가 나갈 정도로 딱딱하지만 침으로 천천히 불려서 스며든 단맛을 즐기고 있다.

이 보존식은 먹는 데 시간이 걸리지만 위장이 작은 내게는 딱 좋다.

"그건 그렇고 찾을 수가 없네. 맥스웰, 정말로 이 근처야?"

"음. 내가 봤을 때는 이 부근이었을 터다."

"……지금 깨달았는데, 그거 언제 이야기야?"

"글쎄다, 이래저래 4, 50년 전이었던가?"

"길어! 이러니까 엘프는!"

모든 종족 중에서 수명이 월등하게 긴 엘프는 성격이 느긋한 사람이 많다.

맥스웰도 이래저래 500년 가까이 살다 보니 시간 감각이 인간과 크게 동떨어졌다.

참고로 정확한 수명을 모르는 반마인이나 소인족의 시간 감각은 크게 다르지 않다.

반마인은 박해받기 때문에 수명을 끝까지 누리는 사람이 적고, 소인족은 방약무인하면서 무사태평한 성격이다 보니 본인도 정확한 연령을 기억하지 못하기 때문이다.

"그런데 4, 50년이나 전이라면 사라진 것이 당연한데."

"게다가 파이어 자이언트까지 서식하고 있다고 하면 어딘가로 피난했다 해도 이상하지 않아."

"여왕꽃과 파이어 자이언트는 실력상으로는 거의 동격이지 않나? 권속을 거느리고 있는 만큼 여왕꽃 쪽이 우세할 텐데."

"그 녀석들은 기본적으로 온화하니 말이다. 다툼을 피했을지도 모르겠구나."

라이엘과 마리아, 맥스웰이 발견되지 않는 이유를 거론하며 앞으로의 방침을 검토하고 있다.

가들스는 이럴 때는 끼어들지 않고, 코르티나는 무언가를 깊이 생각하고 있었다.

"우물, 우물……."

단단하게 구워 굳힌 보존식은 쉽사리 부드러워지지 않는다. 크기도 어른용이라 나에게는 살짝 힘에 부치는 느낌이다.

나는 그것을 양손으로 잡고서, 일부러 들을 작정은 아니었어도 그 대화에 귀를 기울이고 있었다.

예나 지금이나 나는 육체 노동 담당이라 이럴 때는 잘 끼어들지 않는다.

"자, 니콜. 손이 끈적끈적하잖아."

"응, 고마워."

미셸도 그동안 말린 고기를 썹고 있었지만, 내 손이 녹은 설탕으로 더러워지기 시작한 것을 보고 손수건을 건네준다.

게다가 물을 뿌려서 닦기 쉽게 해 주었다. 정말 배려심이 많다. 좋은 아내가 될 것이다.

"잠깐 기다려. 파이어 자이언트는 이전부터 여기에 살고 있던 것이 아닐지도 몰라."

"어, 뭔가 발견했나?"

코르티나는 주위를 보며 대화에 끼어들었다.

라이엘 등도 그녀가 하는 발언의 중요성은 알고 있기에 일단 대화를 중단하고 다음 말을 기다리고 있었다.

"기억해 봐. 파이어 자이언트는 나무를 부러뜨리며 나타났어."

"그랬지. 그 거대한 몸이라면 이 숲속에서는 그렇게 할 수밖에 없을 테니."

"하지만 이 부근에 부러진 나무는 그다지 많지 않아. 이 부근에서 살고 있었다면 다른 더 많은 나무가 부러져 있어도 이상하지 않을 거야."

그렇게 지적받고 라이엘 등은 주변을 둘러봤다.

주위는 울창한 숲이 시야를 가로막고 있다…… 그것은 즉, 그만큼 나무들이 많이 자라고 있다는 의미이기도 하다.

파이어 자이언트가 숲을 망가뜨리고 있었다면 시야가 막힐 정도로 우거졌을 리가 없다.

"확실히, 황폐해진 기색은 없군."

"그리고 파이어 자이언트는 그 성질상 표고가 더 높은 화산지대에 서식할 거야. 즉, 표고가 낮은 이 숲에서 산다는 것은 너무나도 부자연스럽지."

"흠흠?"

갑자기 시작된 코르티나의 독무대에, 동의하고 고개를 끄덕이는 우리와 어리둥절해하는 일반 시민 일동.

지난 생부터 함께한 우리에게 코르티나의 예리한 지적은 익숙하지만 그렇지 않은 사람에게는 사람이 변한 것처럼도 보일 것이다.

"그럼 살던 곳에서 쫓겨난 것은 여왕꽃이 아니라 파이어 자이언트……일 가능성은 없을까?"

"여왕꽃이 화산지대로 이동했다는 것인가?"

"그 가능성이 커 보여."

이 부근에서 활동하고 있는 화산은 하나밖에 없다. 더욱 남쪽에 있는 노르드 산이다.

거리도 별로 멀지 않고 나무들 사이로 보일 정도로 큰 산이다.

"여왕꽃이 화산으로 이동했다면 파이어 자이언트에게 안전한 곳은 여왕꽃이 없는 장소. 즉 원래의 거처인 이 숲이야. 지성이 있는 거인이 그렇게 판단했다고 해도 이상하지 않아."

"그렇구나. 어차피 근거도 없이 이 주변을 뒤지고 다녀도 의미가 없어. 지금은 그 추측을 확인해 보도록 할까."

라이엘은 가볍게 무릎을 치고 코르티나의 의견에 찬성했다. 마리아와 맥스웰도 반대하는 기색은 없다. 물론 가들스도 마찬가지다.

"에에, 이제부터 등산인가요~?"

불만을 드러낸 사람은 항상 의무실에 틀어박혀 있는 트리시아 보건의였다.

평소 운동 부족이라서 그런지 익숙하지 않은 숲속 행군에 이미 탈진 상태다.

솔직히 말하면 나와 레티나도 상당히 힘든 상황이다.

매일같이 숲을 뛰어다니는 미쉘이라면 또 모를까, 도시에서 마법만 배운 레티나, 허약 체질인 나에게는 조금 힘들다.

"흠…… 체력은 그렇다 치고 확실히 화산에 오르기에는 장비가 조금 부족하구나."

이쪽의 체력 부족을 눈치챈 것인지 맥스웰이 신중론을 입에 담았다. 우리를 돕는 의미도 담겨 있을 것이다.

"응, 그런가? 딱히 눈이 내리고 있는 것도 아닌데——."

"라이엘, 전부터 생각했지만 너는 지나치게 머리가 근육으로 덮여 있구나. 화산이라고 해도 종류가 다양하고, 무엇보다 위험한 것은 분출되고 있는 가스다."

산악지대 출신인 가들스가 생각 없는 발언을 한 라이엘에게 충고했다. 그가 말한 것처럼 분연 등에 포함된 가스는 등산가에게 위험하다. 게다가 유황이나 수은 등 화산에는 어째선지 유독물질도 많다. 게다가 가스는 눈에 보이지 않는 케이스도 많기 때문에 위험을 알아채기 어렵다.

"그렇다면 한 번 돌아가서 태세를 정비하겠느냐? 그러고 보니 가스를 막는 마도구가 저택 어딘가에 있었던 것 같다만."

"맥스웰, 너는 가끔은 청소 좀 해……."

가스에서 호흡을 보호하는 마도구는 비교적 싼 가격으로 유통되고 있다.

대륙 중앙에 우뚝 솟은 세계수의 내부에는 미궁이 있다. 그리고 미궁에는 그런 트랩도 많고, 그중에는 가스에 의해 모험가를 궁지에 빠트리는 함정도 존재한다.

그래서 가스를 막는 마도구는 모험가의 필수품이 되었다. 맥스웰은 물론 라이엘의 저택에도 그런 아이템은 상비 중이다.

물론 코르티나의 집에도 있다.

"하지만 아이들 건 없네. 사러 가야겠는데."

"그럼, 일단 라움으로 돌아갔다가 다시 오도록 하자구나."

그렇게 말하자마자, 맥스웰은 자신의 저택으로 포탈 게이트를 연다. 이 마법이 있는 한, 야영할 걱정은 하지 않아도 된다.

이렇게 우리는 일단 라움으로 돌아오게 되었다.

제 3 장 만남

우리는 일단 라움으로 돌아가 그곳에서 다시 준비하기로 했다.

맥스웰이 포탈 게이트 마법을 쓸 수 있어서 원래 위치로 순식간에 돌아갈 수 있으니까 가능한 방침이다.

저택 안뜰과 마주한 거실에서 한차례 휴식하고, 그 뒤에 제각각 물건을 사러 가기로 했다.

기진맥진한 트리시아 보건의와 우리는 맥스웰의 저택에서 쉬게 하고 라이엘과 마리아, 가들스가 셋이서 아이템 보충을 하러 가게 되었다.

그동안 코르티나는 각자의 몸을 마사지해 주고 있다.

"아~ 좋아, 좋아. 거기 좀 더 세게."

"시끄러워! 아이들을 놔두고 제일 먼저 너라니, 운동량이 너무 부족한 거 아니야?"

"나는 책상 앞에서 일하는 사람이야."

트리시아 보건의는 여전히 코르티나와 사이가 좋다. 시답잖은 소리를 떠들면서도 코르티나는 정성스럽게 그 몸을 풀어주고 있었다.

우리 같은 아이는 회복이 빠르니까 설탕을 넣은 달콤한 핫밀크를 마시고 쉬고 있다.

그동안 맥스웰은 저택 창고로 사라졌다.

"코르티나는 준비하지 않아도 괜찮아?"

"아~ 마리아에게 부탁해 두었으니까 괜찮아. 퓨리파이(정화) 능력을 부여한 마스크 정도라면 대단한 지출이 아니야."

"그거, 내 월급의 절반 정도의 값인데……."

이것은 트리시아 보건의가 딱히 박봉인 것이 아니다.

퓨리파이는 상당히 초기 마법이지만 대단히 쓰임새가 많은 마법이기 때문에 이것을 부여한 아이템은 그럭저럭 비싸다.

이 마법은 원래 물을 정화하는 마법이지만 물만이 아니라 체내에 있는 미량의 독소나 극히 좁은 범위라면 주변 공기도 정화하는 효과가 있다.

마실 물 확보, 청소, 세탁 같은 생활 방면에서도 필수이고, 약한 독을 해독하며 더 나아가 유독 가스로 가득한 곳에서도 행동할 수 있게 된다.

그래서 이 마법을 담은 마도구는 모험가에게 필수라고 해도 좋다.

그리고 사망률이 높고 벌이가 좋은 모험가는 세대교체가 심하다. 새로운 수요가 계속 생겨서 구하는 사람이 사라지지 않는다. 그래서 좀처럼 값이 떨어지지 않는다.

그래도 일반적인 마도구 중에서 보면 싼 편에 속한다.

"너희도 그걸 다 마시고 나면 좀 쉬어. 다음은 등산이니까 상당히 힘들 거야."

"네~."

"알겠어요."

레티나와 미쉘은 까딱까딱 고개를 끄덕였다. 나도 컵에 입을 대면서 고개를 꾸벅였다.

솔직히 미쉘과 레티나는 모르겠지만 나는 오늘은 이대로 잠들 정도로 피곤하다. 아무리 절친이 곁에 있다고는 해도 떠들고 있을 여유는 없다.

우유를 다 마시고 쉬는데 미쉘과 레티나가 아까 있었던 전투에 대해 시끄럽게 이야기를 나누고 있었다.

나에게는 그리운 광경이지만 처음 보는 두 사람은 감명이 큰 모양이다.

"라이엘 님! 대단했지! 목을 타~악하고! 일격에!"

"좀 진정하세요, 경박하잖아요. 그것보다도 가들스 님이에요. 그 파이어 자이언트의 브레스를 가볍게 날려 버렸던 것은 대단했어요."

"뭐~ 라이엘 님이 더 대단했는데?"

"화려한 쪽에만 눈이 가는 걸 보니 수행이 부족하지 않나요?"

"그렇지 않아."

"니콜 양은 어느 쪽이라고 생각하나요?"

"으유?"

반쯤 잠들었던 나는 그 소리를 듣고 황급히 눈을 떴다.

졸린 눈을 비비며 흘려듣고 있던 대화를 다시 떠올렸다.

"그러니까~……."

"라이엘 님이지, 니콜!"

"가들스 님이시죠? 니콜 양."

"으~응 그러니까, 코르티나?"

"어째서 그렇게 되는 거죠?"

싸우기 전에 피아의 전력 차이를 정확하게 분석하고, 라이엘과 가들스만으로 충분하다고 간파했다. 코르티나가 없으면 맥스웰과 마리아도 참전해서 쓸데없이 대화력을 쏟아붓고 피로해졌을 가능성도 있다.

시간이 오래 걸리는 모험에서는 최소한의 전력으로 적을 구축하는 게 매우 중요하다. 그것을 해내기 위해 코르티나의 존재는 필요불가결하다.

"──그런 이유로, 코르티나가 없으면 쓸데없이 마법을 날렸을지도 몰라."

"그런 관점도 있는 것이네요."

"니콜, 굉장해~."

짝짝짝 손뼉을 치고 나를 칭송해 주고 있지만, 이것은 솔직히 전생에서의 경험을 말하고 있을 뿐이다. 따라서 내 통찰력이 뛰어난 것이 아니니까, 살짝 낯간지럽다.

"헤~ 니콜은 봐야 할 부분은 보고 있구나. 너도 배우도록 해."

"나는 됐어, 보건이니까."

트리시아 보건의의 뒤통수를 찰싹 때리며 감탄하는 코르티나. 나 정도의 나이에 장기전의 중요성을 이해한다는 것은 예사롭지 않다.

"뭔가 떠들썩하구나."

그때 무언가 짐수레를 끄는 맥스웰이 안뜰에서 나타났다. 거실은 안뜰과 마주 보고 있어서 그 모습을 볼 수가 있다.

봐서는 짐수레에 소량의 아이템밖에 없는 것 같다. 저 짐을 옮기는 것치고는 규모가 좀 크지 않나?

"맥스웰, 그건 좀 거창하지 않아?"

"그렇지도 않다. 짐은 이제부터 늘어날 테니 말이다."

"짐이라고 해도——아."

그때 코르티나는 무언가를 알아챈 것처럼 손을 마주쳤다.

"그렇구나. 골렘!"

크리에이트 골렘이라고 불리는 마법이 있다. 마력이 담긴 나무토막이나 흙덩어리를 촉매로 간이 사역마를 작성하는 술법이다.

이것은 마물 조종 마법이라고 불리는 계통에 속하는데, 사용하는 술사가 별로 없다.

왜냐면 골렘 자체는 종합적인 전투력은 술사보다도 월등히 떨어지는 데다 계속해서 세세하게 지시해야 하기 때문이다. 그래서 골렘을 사역하고 있는 동안 술사는 다른 마법을 쓸 수 없다. 마리아처럼 무영창이나 맥스웰처럼 고속 영창이 가능하지 않으면 실전에 써먹기 어려운 술식이다.

마법검사가 전선을 보조하는 데 쓰거나 짐을 옮기는 등의 노역에 사용하는 정도밖에 쓸모가 없다.

이번 경우는 골렘을 써서 짐수레를 끌고 간다고 쳐도 짐 자체가 별로 없는데 왜 그럴까? 내가 그렇게 생각했을 때, 코르티나가 설명해 주었다.

"그 짐수레로 트리시아와 아이들을 옮기는 거구나."

"아, 그렇구나."

나와 트리시아 보건의는 체력이 매우 약하다. 여차할 때 기운이 없어서 자기 몸의 안전마저 지킬 수 없는 사태에 빠질 가능성도 충분히 있다.

그래서 맥스웰은 우리를 짐수레에 실어 골렘에게 운반하게 하려고 생각했을 것이다.

"다행이네. 이걸로 편하게 올라갈 수 있게 되었어!"

"만세!"

코르티나의 설명을 듣고 가장 먼저 환성을 터트린 것은 우리가 아니라 트리시아 보건의였다.

시간이 조금 지나서 물건을 사러 외출했던 동료들이 돌아와 다시 남쪽 숲으로 떠나게 되었다.

골렘에게 짐수레를 끌게 하고 아이 셋과 트리시아 보건의가 탄다. 라이엘과 다른 동료들도 교대로 타서 점심을 해결했다.

항상 세 명이 짐수레를 둘러싸듯이 경계하는 부분에서 라움에 올 때 신세를 졌던 레온 일행과는 다른 숙련도를 느끼게 했다.

"이런 모험도 그럭저럭 '나쁘지' 않네."

아작아작 보존식을 씹으며 코르티나는 주위를 관찰한다.

사람이 줄어든 만큼 주위를 감시하는 눈도 줄어드는 것이 문제이기는 하다. 하지만 여왕꽃은 딱히 적대적인 존재가 아니다. 산 주변 지역을 제압하고 있다면 그렇게까지 엄밀하게 경계할 필요는 없을 것이다.

이윽고 주위를 뒤덮은 녹음이 모습을 감추기 시작하고 그 대신에 투박한 바위가 눈에 띄기 시작했다. 동시에 짐수레도 기울기 시작해서 산을 오르고 있다는 실감이 나기 시작한다. 여기서부터는 노르드 산의 중턱인 셈이다.

끊임없는 진동이 짐수레를 덮쳐 우리의 엉덩이와 세반고리관에 고통을 주기 시작했다.

"우읍."

"니콜, 또야?"

"미안해, 멀미야."

"이, 이렇게 흔들리면 어쩔 수 없네요~."

덜컹거리며 산을 오르는 짐수레. 사람이 지나간 적이 없는 땅인 만큼 길 따위는 없지만, 짐수레가 지나갈 만한 길을 골라 라이엘 일행이 나아간다.

속이 울렁거리는 나에게 마리아가 큐어(치료)를 걸어주었다. 이 것은 힐(회복)처럼 상처를 치료하면서 정신적인 상태 이상도 해소해 준다.

이번처럼 탈것에 의한 멀미에도 그럭저럭 효과를 발휘해 주는 것이다.

"니콜, 이걸로 괜찮아졌니?"

"응. 마마, 고마워."

아직도 마리아를 마마로 부르는 것이 조금 어색하게 느껴지지만 나이를 생각하면 이렇게 부르는 것이 어울린다.

그런 내 상태를 보고 코르티나가 짐수레에 레비테이트(부양)를 걸어주었다.

이 마법은 지면에서 몇 센티미터~수십 센티미터 떠오르기만 하는 간섭계 마법으로, 함정이나 지면에 설치된 덫을 피할 때 사용되는 마법이다. 난이도로 따지면 중급으로 코르티나도 사용할 수가 있다.

이런 상황에서 사용하면 울퉁불퉁한 지면을 무시하고 이동할 수 있어서 흔들림을 경감할 수가 있다.

"이러면 조금 편해지겠지?"

"코르티나도, 고마워."

"천만에."

내게 싱긋 웃는 코르티나. 과거 내가 매료되었던 표정이기도 하다.

얼굴이 살짝 빨개지는 것을 자각하고, 시선을 돌려 주위를 관찰해서 얼버무렸다.

"이런 모험은 처음 경험해 봐요."

"어쩜 이렇게 편리한 녀석들일까."

불손한 소리를 아무렇지도 않게 입에 담는 트리시아 보건의. 육영웅을 앞에 두고도 움츠러들지 않을 만큼 신기한 사람이다. 그렇기에 코르티나와 친구로 있는 거겠지.

"마력을 소비하니 별로 하고 싶지는 않지만 말이야."

"확실히 편리해. 하지만 여차할 때 한 박자 늦어진단 말이지."

마리아와 코르티나가 이때까지 레비테이트를 사용하지 않았던 이유를 밝혔다.

레비테이트는 오랫동안 효과를 유지할 수 있는 마법이지만 그만큼 마력을 소비하고 만다.

더욱이 마법을 제어하느라 신경을 쓰고 있다 보면 적의 습격에 반응이 늦어질 가능성도 있다. 그런 이유로 마리아는 사용을 자제하고 있었다.

하지만 이대로는 나도 트리시아 보건의도, 짐수레에 타고 있는 것만으로 소모되고 마는지라 어쩔 수 없이 사용할 수밖에 없었다는 모양이다.

"앞이 뿌예지기 시작했는데. 슬슬 마스크를 착용하는 편이 좋겠군."

선두에서 가는 라이엘이 안개가 끼기 시작한 시야를 보고 경고했다.

그 말대로 이 앞으로는 시야가 뿌예서 전망이 나빠져 있었다.

우리는 각각 준비했던 퓨리파이 마도구를 착용했다.

마스크라고 해도 얼굴을 전부 가리는 물건이 아니다. 입 주변을 가리는 머플러 같은 모양새다.

봄도 끝나가는 이 시기에는 조금 답답하지만 그것은 화산을 오르고 있는 단계에서 이미 문제가 되지 않았다.

"냄새가 나네요."

"화산 특유의 냄새. 너무 오래 맡으면 몸에 좋지 않아."

"그래서 이 아이템이 필요하구나?"

"미쉘도 기억해 두는 편이 좋아. 앞으로 산에 올라갈 일도 있을 테니까."

"응."

미셸에게는 사격의 기프트가 있다. 그리고 그것은 북부 3국 연합 수도의 귀족들에게도 알려진 사실이다.

즉, 장차 군에 소속될 가능성도 있다.

그때 이 모험에서 얻은 지식은 유용하게 쓰일 것이다.

"모두 똑같은 모습이네!"

그런 내 걱정도 개의치 않고 미셸은 태평하게 그런 소리나 했다. 그것은 불안한 장래를 확 날릴 정도로 천진난만한 목소리였다.

"응. 나쁘지 않네."

라이엘도, 가들스도, 마리아도, 맥스웰도, 코르티나도.

트리시아 보건의도, 미셸도, 레티나도…… 그리고 나도.

나와 옛 동료와 출생도 배경도 다른 이번 생의 동료들이 같은 장비를 갖추고 있다. 그것이 과거와 현재를 이어주는 끈처럼 생각되어서, 뭐라 말할 수 없는 감상을 느꼈다.

그런 감상에 젖어 있었더니 라이엘이 갑자기 걸음을 멈췄다.

"이 부근에서 한 번 휴식하자. 더 가면 경사도 급해지고 기온도 올라갈 거다. 체력을 보충하는 게 좋겠어."

산도 중턱을 넘어 큼지막한 바위가 데굴데굴 굴러가는 거친 지형이 눈에 들어오기 시작했다. 골렘이 끄는 짐수레에 탈 수 있는 시간도 앞으로 얼마 남지 않았을지도 모른다.

"뭐야, 라이엘. 벌써 퍼진 거야? 나는 아직 갈 수 있어."

"너는 계속 짐수레에 타고 있었잖아! 나는 갑옷이 더워서 견딜 수가 없어."

"그래. 상당히 더워졌을지도?"

마리아가 앞섶을 확 풀어서 부채질한다. 이 멤버들 사이에서는 마리아의 태도도 상당히 풀어지는 모양이다.

마을에서는 성녀라는 직함 탓에 빈틈없는 복장을 즐겨 입었다. 이것은 마리아 본인의 명성을 생각하면 어쩔 수 없는 일이지만, 항상 긴장을 풀 수가 없다.

하지만 이곳에 있는 것은 트리시아 보건의와 레티나를 제외하면 전부 아는 얼굴이다. 다소 풀어진 모습을 보여도 문제는 없다고 판단했을 것이다.

젊었을 적 풋풋함은 이미 사라졌지만 나이를 먹으면서 생긴 성숙함이 가득한 모습이다. 특히 깊게 파인 골짜기는 유별나게 시선을 끌어모은다.

마리아의 경우 이 수준까지는 의외로 가드가 약하다. 하지만 더 넘어가면 철벽으로 변한다. 그렇다고 해도 지금의 나는 여자이니까 벽 따위는 없는 것이나 마찬가지지만.

"오~."

처음 대면한 레티나는 그 모습에 감명받는 눈치다. 그리고 다른 한 명…….

"저거 봐, 코르티나. 저게 색기가 있는 여성이라는 것이야. 과연 육영웅의 풍요 담당. 그런데 너는 참."

"시끄럽네! 저게 이상한 거야, 나도 평균만큼은 있다고."

"평균……?"

"조금, 아주 조금 미치지 못하는 건 인정해."

"조금의 개념이 붕괴하는 발언이네."

"시끄러워!"

호리호리한 코르티나와 마리아의 특정 신체 부위를 비교하는 것은 불쌍하다. 하지만 트리시아 보건의는 재미있다는 듯이 놀려대고 있다. 저 사람은 참. 애도 아니고.

그러는 본인도 그다지 큰 편은 아니다. 코르디나보다 낫다는 정도다.

"마리아, 일단 다른 남자가 있으니까 신경 좀 써."

"어머, 다른 사람이라고 해도 맥스웰과 가들스인데. 신경을 쓸 필요는 없잖아요."

"말해두지만, 나도 아직 다 늙지는 않았는데 말이다?"

"나도 아직 현역이다. 다만 애초에 너를 보고 흥분할 정도로 아쉽지는 않아."

"실례되는 소리를 하네, 가들스."

뿌우, 뺨을 부풀리는 부분은 마치 소녀 같다. 그 모습이 어울릴 정도 마리아는 젊음을 유지하고 있다.

훈훈한 분위기에 저도 모르게 모두가 웃음을 흘린다. 나도 그리운 분위기에 저도 모르게 웃음을 짓고 있었다.

"니콜도 뭔가 기뻐 보이네?"

"어, 그랬나?"

"예, 학원에 있을 때는 조금 더 긴장된 분위기인걸요."

눈치 빠르게 내 웃음을 발견한 미쉘에게 레티나가 편승한다. 그 말대로 모르는 아이들에게 둘러싸인 상황이라 교실에서의 나는 다소 긴장하고 있었다.

교육기관이라는, 지난 생에서 경험해 본 적이 없는 환경에 내던 져진 상황이기 때문이다.

하지만 아이들에게는 이상하게 보일지도 모른다. 또래 아이들 사이에서는 좀 더 천진한 반응을 보여야 할까?

나는 조금 생각하고…… 하지만 답을 내지 못하고 미쉘에게 어색한 웃음을 지어 보였다.

미쉘도 나에게 싱긋 웃고…… 그때 알아챘다.

"뭔가── 있어?!"

"어?"

내 목소리에 가장 먼저 반응한 것은 코르티나다. 의문을 드러내기 전에 자신도 주위의 기척을 살피고 위화감을 깨닫는다.

"정말이네. 맥스웰, 골렘을 해제해."

"음!"

코르티나의 지시에 곧바로 골렘을 해제하는 맥스웰. 그리고 긴 지팡이를 들고 언제라도 마법을 쓸 수 있는 태세에 들어갔다.

코르티나와 마리아도 짐수레에서 뛰어내려서 경계 태세를 취한다. 그리고 나도 카타나를 뽑았다.

"있……군."

"그래, 둘러싸였구나."

라이엘과 가들스도 자신의 무기를 들고 주위를 살폈다.

그 목소리에 반응한 것처럼 안개 속에서 거대한 그림자가 앞으로 나서 모습을 드러냈다.

마른 나무 같은 체구, 인간형에 가까운 느낌을 주는 이형(異形)——트렌트가 우리를 포위하고 있었다.

갑자기 모습을 드러낸 트렌트들은 확연하게 경계심을 보이고 있었다. 뿌연 시야 탓에 정확하지는 않지만 이미 사방을 에워싸서 이 상황에서 도망치는 것은 어려울 것이다.

이 상황에 코르티나는 곧바로 지시를 날렸다.

"라이엘, 가들스, 수비 우선. 짐수레를 지켜!"

"알았어!"

"그러마!"

라이엘과 가들스가 짐수레를 감싸듯 이동해서 방어 진형을 잡는다. 마리아와 맥스웰도 언제라도 마법을 발동할 수 있게 긴 지팡이를 들고 경계하고 있다.

경계하는 것은 트렌트들도 마찬가지라, 삐걱삐걱 경계음을 내고 있었다.

트렌트에게는 상위종과 하위종이 존재하는데 상위종을 엘더 트렌트라고 한다. 이 상위종이라면 말하는 것도 가능하지만 하위종 트렌트는 말을 할 수가 없다.

지능이 없는 것은 아니라서 의사 표현 수단은 존재한다. 하지만 곤충처럼 가지를 비비거나 잎을 떨거나 해서 소리를 발생시켜 대화를 나누는 것이다.

인간에게는 불가능한 발성 수단인 탓에 인간과 대화하는 것은 거의 불가능하다.

즉, 지금 상황…… 우리를 포위하고 있는 트렌트가 하위종이라면, 의사 소통 수단은 존재하지 않는 셈이다.

"어떡하지, 물리칠까?"

"아직 기다려. 트렌트는 본래 온건한 종족일 거야. 갑자기 공격하는 일은 없……지?"

"어째서 의문형인데?!"

라이엘은 이상하게도 자신감이 없어 보이는 코르티나를 보고 소리쳤다. 그들만이라면 이런 포위망 따위는 종잇장처럼 찢어 버릴 수가 있다.

하지만 등 뒤에 우리가 있다. 아니, 나와 미셸만이라면 문제는 없다. 몸을 지키는 스킬이 있기 때문이다.

하지만 트리시아 보건의와 레티나의 실력은 미지수다. 라이엘로서는 무력한 일반인과 같은 수준으로 간주하더라도 문제없을 것이다.

그런 존재를 뒤에 두고 싸우는 것은 상상 이상으로 압박이 된다.

"선수를 쳐서 섬멸하는 편이 좋지 않을까?"

방어를 전문으로 하는 가들스도 선제공격을 제안했다. 지키는 것에 관해서 그 판단은 정확하다.

그 의견을 듣고도 아직 코르티나는 고착을 선택했다.

"아직이야. 트렌트도 경계음을 내는 정도로 멈추고 있어. 분노에 눈이 멀어서 공격하는 것이 아닌 이상 이유가 있을 거야. 그때까지는 신중하게 대처하자."

"지키는 것뿐이라면 아직 여유가 있을 거야. 여왕꽃에게 꿀을 받으러 왔으니까 사태가 거칠어지는 것은 좋지 않아."

코르티나의 판단에 마리아도 동조한다.

기본적으로 온건파라 이런 상황에서도 대화를 선택하는 일이 많다.

지금 우리를 뒤에 두고서도 아직 여유가 있는 것은 그 마법에 의한 절대방벽이 돌파되는 일은 없다는 지신감 때문이다.

"우리는 여왕꽃에게 꿀을 나누어 받기 위해 왔을 뿐이야. 어디까지나 협상하러 온 거지, 강탈하거나 싸울 의사는 없어!"

코르티나는 대륙 전토에서 사용되고 있는 공통어를 사용해 트렌트들에게 말을 걸었다.

하위종 트렌트라면 대륙공통어는 이해할 수 없지만, 상위종이라면 발성 기관을 갖고 공통어를 이해할 지성도 있다.

그것을 기대하고 말을 건 것이었다.

"그렇다면 검을 내려라. 검을 들이밀고 대화라니, 가소롭구나."

코르티나의 말에 반응해, 소녀 같은 높은 목소리가 울렸다.

주위를 둘러싼 트렌트를 좌우로 가르고 거대한 꽃이 이쪽으로 걸어왔다. 아니, 꽃을 피운 거대한 트렌트가.

그 꽃의 중앙 부분에는 작은 소녀의 모습이 있었다. 이 특징적인 모습은 나도 알고 있다. 마침내 여왕꽃이 납시었다는 것이다.

"여왕꽃……. 물러나, 라이엘, 가들스."

"아, 어? 괜찮겠어?"

"지금부터는 검이 필요 없어."

이성이 있는 몬스터, 트렌트의 여왕.

이 등장에 하위종 트렌트들은 위협의 소리를 멈췄다. 동시에 라이엘도 검을 칼집에 넣었다. 가들스도 도끼를 등으로 되돌린다.

"흥, 만족스럽구나. 무력으로 알려줄 필요가 없는 것은."

"그것은 이쪽도 마찬가지예요. 힘으로 일을 진행하지 않아도 되게 되었으니까요."

"호오, 우리를 유린할 수 있기라도 하다는 듯한 말투로구나?"

"당연하죠. 그럴 마음만 먹으면 이 산과 함께 날려 버리는 것도 가능해요."

씨익 의미심장한 웃음을 짓는 코르티나. 아니, 사실 맥스웰의 마법을 전력으로 날리면 이 산이 통째로 사라진다.

그 자신감에 당혹스러워하는 여왕꽃에게 코르티나는 자신의 이름을 밝혔다.

"저는 코르티나, 성은 없어요. 이곳에 있는 것은 나의 동료들. 라이엘, 가들스, 마리아, 맥스웰. 그리고——."

"나머지는 됐다. 설마 세상을 구한 영웅들이 찾아올 줄이야. 너희는 경비를 하러 돌아가라."

여왕꽃의 소녀는 팔을 한 번 휘둘러 주위의 트렌트들을 물렸다. 지금 이 자리에는 두 트렌트와 여왕꽃만이 남았다.

"지금 이 땅은 약간 긴장 상태에 놓여 있어서 말이다. 침략자는 용인할 수 없는 상황이다."

"당신의 거처는 산기슭의 숲이었다고 알고 있습니다만…… 무슨 일이 있었나요?"

"음…… 그것보다, 그쪽의 용건을 듣도록 하지."

"그것은——."

코르티나가 내 병과 그것을 치료하기 위해 여왕꽃의 꿀이 필요하다는 사실을 설명했다.

그러는 사이에 나와 미쉘은 남아 있던 두 마리의 트렌트들을 찰싹찰싹 두드리고 있었다.

지금까지 몬스터와 서로 칼질을 한 적은 있어도 직접 접촉한 적은 별로 없었다. 이렇게 직접 적의가 없이 만져도 되는 건 나로서도 드문 일이다.

레티나는 처음으로 몬스터가 가까이 다가와, 어쩔 줄 몰라 양손을 들고 허둥거렸다.

"아, 의외로 따뜻하네?"

"정말이야~. 좀 더 차가울 줄 알았어."

"이곳은 화산지대라 기온이 높으니 말이지. 외피도 따뜻해진 것이다."

가차 없이 외피를 찰싹찰싹 때리는 우리에게 트렌트는 정중하게 설명해 주었다. 말을 할 수 있는 것을 보면 이곳에 남은 두 마리는 엘더 트렌트일 것이다.

"저, 저기…… 위험하니까……."

"트리시아 선생님도 만져 보는 게 어때? 이런 기회는 거의 없으니까."

"그야 그렇겠지만!"

트리시아 보건의의 상식은 오늘 하루 만에 몇 번이나 파괴되었을 것이다.

그런 우리를 무시하고 코르티나의 협상은 계속되고 있었다.

"흠, 그대들의 사정은 이해했다. 하지만 유감스럽게도 넘겨줄 수는 없겠구나."

하지만 여왕꽃에게서 나온 대답은 명백한 거부였다.

여왕꽃의 거부 의사를 듣고 코르티나는 순간 다음 말을 내뱉지 못했다.

물론, 이쪽이 무조건으로 꿀을 달라고 한 것은 아니다. 코르티나도 상응의 대가를 제시했다.

숲속에 사는 트렌트들에게 금전은 가치가 없다.

그러니까 코르티나가 제시했던 대가는 양질의 비료. 정확히는 아까 싸웠던 파이어 자이언트의 시체다.

강한 몬스터는 그것만으로 강한 마력을 내포한다. 그것을 발효시키면 높은 마력을 머금은 비료가 될 것이다. 이것은 트렌트에게 있어 진수성찬이라고 해도 좋다. 꿀에 충분히 걸맞은 대가다.

그래도 여왕꽃은 거부해 왔다.

"어째서인가요? 충분한 대가가 될 터인데……."

"아아, 기다려라. 설명하지. 우선 우리는 지금 번식기에 들어서 말이다."

트렌트의 번식. 그것은 즉, 여왕꽃이 씨앗을 맺는 시기라는 뜻이다. 그 밖에도 마력이 충만한 토지에서 고목이 트렌트로 변하는 현상도 있지만 그것은 의도적으로 개체를 늘리는 현상이 아니다.

"부화한 어린 나무들에게 꿀을 주어야만 한다. 사람에게 나눠줄 양이 없는 것이다."

"하지만…… 파이어 자이언트를 비료로 쓰면 그 영양으로 꿀을 증산할 수 있지 않을까요?"

"물론 그것도 가능하다. 하지만 토지가 안 좋다. 이 메마른 땅에 서는 효과는 미미하다."

확실히 주위가 바위 밭투성이인 고산지대에서는 식물의 양분은 미미할 것이다.

그러나 그렇다면 어째서 이 땅으로 온 것이지? 파이어 자이언트의 거처를 빼앗으면서까지.

내가 깨달은 모순을 코르티나가 깨닫지 못할 리가 없다. 그녀도 그 의문을 입에 담았다.

"어째서 이 땅으로 온 거죠? 양분이라면 산기슭의 숲 쪽이 풍부 했을 텐데요."

"열흘 정도 전에 말이다, 도적이 침입한 것이다."

도적? 트렌트의 영역에?"

"그래. 게다가 우리의 씨앗을 몇 알 빼앗아 갔다. 따라서 감시를 위해 전망이 좋은 이곳으로 이동해 온 것이다. 아이를 지키기 위해서 말이지. 그래서 예정보다도 꿀의 저장이 늦다."

"하지만 저희도 이 아이를 지키기 위해 당신의 꿀이 필요해요. 그것은 이해하시는 것이죠?"

코르티나도 이 자리에서는 양보할 수가 없다. 어린아이의 목숨이 걸려 있는 것은 서로 마찬가지다.

물론 힘으로 강제로 빼앗는 것도 가능하다. 하지만 말이 통하는 상대를 유린한다는 것은 우리에게도 기분이 좋은 것이 아니다.

"아이를 지키고 싶은 것은 서로 마찬가지. 하지만 힘으로 빼앗는 짓은 하고 싶지 않아요."

"으음……."

여왕꽃도 이쪽이 사룡을 쓰러트린 강자라는 것은 이해하고 있다. 호위로 상위종 트렌트를 두 마리 남겼지만 그 정도로 막을 수 있는 상대가 아니다.

우리가 힘으로 나서면 그들은 유린당할 수밖에 없을 것이다.

"잠깐 멈춰라, 코르티나. 너답지도 않게 서두르고 있지 않으냐?"

"어…… 아, 그럴지도……?"

느긋하게 걸어오는 맥스웰의 말을 듣고, 마침내 코르티나는 자신이 다급했던 것을 알아챈 모양이다.

코르티나에게 내 목숨이 걸렸다는 사실은 그만큼 중요했던 것이다. 고맙게도.

"진정해, 코르티나. 니콜에 대한 것은 물론 중요하지만, 네가 그렇게까지 부담을 가질 일은 아니지 않아?"

"그럴 수도 없어. 더는 동료를 죽게 하고 싶지 않은걸——."

마리아가 어깨를 두드려 코르티나를 진정시켰다. 이에 조용히 대답한 코르티나의 말에, 나는 왜 마음을 쓰는지를 깨달았다.

역시 내 죽음이다. 그것이 코르티나에게 '누구도 죽게 하지 않는다'는 압박감을 주고 있다.

"그럼…… 이렇게 하도록 하자."

거기서 여왕꽃에게 새로운 제안이 나왔다.

그들도 자신들이 불리하다는 것은 이해하고 있다. 우리가 실력 행사에 나서면 손쓸 수도 없이 유린당하게 되니까 강경하게 반대해도 이익은 없다.

그래서 조건을 제시해서 사태를 타개하고자 생각했을 것이다.

"우리라고 해도 자진해서 멸망하고 싶은 것이 아니다. 하지만 씨앗을 위한 꿀은 남겨두고 싶다."

"그건 우리도 이해해."

"너무 서두르지 마라. 그리고 그대들도 꿀이 필요하다. 그쪽의 어린아이를 위해서 말이다."

"그래."

거기서 여왕꽃은 산기슭 쪽으로 시선을 돌렸다. 그곳에는 대지의 양분이 넘쳐흐르는 삼림지대가 펼쳐져 있다.

"우리가 산기슭으로 돌아가면 꿀의 증산은 가능할 것이다. 거인의 시체도 있다는 모양이니 말이다."

"그럼――."

"서두르지 말라 하지 않았더냐. 그러나 무방비하게 산기슭으로 돌아가서는 또 씨앗을 빼앗기고 말지도 모른다. 녀석들은 한 번, 우리의 눈을 피해 숨어들었기 때문이다."

여왕꽃이 만들어내는 씨앗은 여왕꽃의 유생체―― 즉 알라우네를 만들어낸다. 알라우네가 드라이어드로 진화해, 이윽고 그중에서 하나가 여왕꽃에 도달한다.

그리고 그 여왕꽃의 씨앗은 수명을 연장하는 비약의 재료로도 사용되는 물건이다. 즉, 큰돈이 된다.

강탈자는 이미 한 번 그들의 경계망을 뚫고 씨앗을 빼앗았다. 한 번 깨진 경계망이라면 한 번 더 뚫고 들어오는 것도 가능할 것이다.

그것은 여왕꽃으로서도 피하고 싶은 사태다.

"그러니 그대들이 범인을 잡아주기를 바란다. 죽여도 좋고 포박해도 좋다. 즉, 두 번 다시 이곳에 오지 못하게 해 주길 바라는 것이다."

"과연. 범인이 없어지면 씨앗을 빼앗길 걱정이 없어지니 산기슭으로 돌아갈 수 있다?"

"산기슭으로 돌아가면 양분이 넘치는 대지의 힘과 거인을 양식 삼아 꿀을 증산할 수 있다── 그런 이야기인 것이지."

"확실히 그거라면…… 하지만 시간이…….'"

"이 정도에서 만족해 주겠다면 고맙겠는데 말이다."

애초의 원인은 계기가 된 강탈을 자행한 쪽…… 즉, 인간들에게 있다고 해도 좋다.

그 뒤치다꺼리를 하는 것은 부아가 치밀지만 우격다짐은 바라는 바가 아니다.

그렇다면 그 정도에서 타협하는 것이 적당할 것이다. 문제는 범인 포박까지 내가 버틸 수 있는가이지만, 내 증상은 그다지 절박한 상태는 아니다.

"코르티나, 나는 괜찮아."

"니콜…… 그렇네, 이 정도가 타협점일지도. 알았어, 범인을 때려죽이는 것은 이쪽에서 해 주겠어."

"때려죽이라고까지는 하지 않았다만⋯⋯. 뭐, 마찬가지겠지."

코르티나와 여왕꽃은 악수하고 협상을 마쳤다.

이렇게 우리는 그들에게 씨앗을 빼앗은 범인을 찾게 되었다.

도난당했을 때의 세부사항을 듣고, 여왕꽃과 헤어져 일단 라움으로 귀환했다. 범인을 찾자고 산에 남아 있을 수도 없기 때문이다.

맥스웰의 저택으로 돌아가 각자에게 차를 나눠주고 코르티나가 앞으로의 전개에 대해 물꼬를 텄다.

참고로 차를 타고 있는 것은 마리아다.

"그런데 세부사항을 들은 걸로는, 씨앗을 훔친 것은 열흘이나 전이잖아? 어떻게 찾으라는 거야."

"잠깐, 코르티나에게 아이디어가 있었으니까 승낙한 것이 아니었나?"

"라이엘, 항상 나한테 다 떠넘기지 마."

여전히 머리까지 근육으로 된 라이엘에게 생각은 없는 모양이다. 뭐, 그것은 나도 마찬가지지만 말이지. 가들스는 발언조차 하지 않는다.

맥스웰은 미쉘을 무릎에 앉히고 매우 만족 중이다. 마치 손녀딸을 사랑해 주는 사람 좋은 할아버지 같은 모습이다.

"2주나 지났다면 발자국 같은 것을 추적할 수도 없겠네."

"그렇네. 아니 그보다 슬슬 어디 도시든 도착했을 시간 아니야?"

마리아의 말에 코르티나가 대답했다.

우리는 맥스웰의 전이 마법이 있었으니까 당일에 돌아올 수 있었지만, 도보로 왕복하려면 큰 도시까지 열흘 가까운 시간이 걸릴 것이다.

개발되지 않은 숲속을 지나간다는 것은 그만큼 어려운 일이다.

"여왕꽃의 씨앗을 약으로 가공한다고 하면 설비와 기술이 필요하겠네. 숲속에서 할 수 있는 작업이 아니야."

코르티나의 의견을 보충하듯이 트리시아 보건의가 설명했다.

"그렇게 되면 확실하게 큰 도시에 들렀을 터. 그곳에서 가장 가까운 도시라고 하면……."

"주변에 그럭저럭 큰 마을은 있지만 그런 장소에서 팔아치우면 흔적이 남기 쉬워. 시장의 크기 등을 생각하면 라움에 와 있다……고 보는 게 좋겠네."

귀중한 약의 원료인 만큼 그것을 팔면 범인과 이어지는 흔적을 남기고 만다.

그렇기에 흔적을 숨기기 위해, 어느 정도 사람이 많고 그런 거래가 가려질 정도로 물건이 넘쳐나는 큰 도시에서 처분하는 것이 바람직하다.

자신이 쓰거나 하는 것이 아닌 한 이 도시를 목표로 삼을 것이다.

"나도 위사에게 지시를 내려서 주변을 경계하게 할 생각이다만…… 기대하기는 어려울 것이다."

"트렌트의 경계망을 파고들 정도의 녀석들인걸."

숲속이라고는 해도 여왕꽃 주변에 있는 트렌트의 숫자는 상당히 많다.

게다가 식물인 만큼 수면이라는 것을 거의 하지 않기 때문에 빈틈을 찌르는 것은 어렵다.

그 경계망에 걸리지 않았다고 한다면, 어쩌면 나처럼 은밀 기프트가 있을지도 모른다.

그런 인간을 위사 정도가 발견한다는 것은 틀림없이 어렵다.

"라이엘과 가들스는 이제 마을로 돌아가는 거야?"

"아니, 숙소라도 잡아서 한동안 수색을 돕겠어. 이번 일은 내 딸의 일이기도 하니까."

"그렇네. 마을 쪽도 걱정이지만 니콜 쪽을 우선하고 싶어."

"나도 한동안 머무르도록 하지. 라이엘과는 달리 숙박업소 쪽은 어떻게든 되니 말이다."

그것을 듣고 미쉘과 레티나는 짝 손뼉을 부딪쳤다.

"굉장하네요. 영웅들이 다시금 하나의 도시에 모이다니!"

"굉장해! 지금 생각해 보면 이런 건 보통 볼 수 없는 광경이야."

"당신, 그 영웅의 무릎 위에 올라가 있는데요?"

"부러워? 어때, 부러워?"

"이익~!"

미쉘에게 달려든 레티나를, 맥스웰은 훌쩍 안아 들어 라이엘에게 패스했다.

라이엘은 레티나를 무릎에 앉히고 얌전하게 만들었다. 당사자인 레티나는 너무 긴장한 나머지 몸이 굳어 버렸다.

"음, 조용해졌구나."

"어머, 여보. 니콜 앞에서 바람을 피우는 건가요?"

"그건 아니지, 마리아!"

"괜찮아. 나는 코르티나의 무릎으로 갈 거니까."

나는 이때다 싶어 코르티나의 위로 이동했다.

몸집이 작지만 내가 훨씬 작으니 무릎 위에 쏙 들어갔다.

어설프게 혼자 남아 있으면 라이엘이나 마리아에게 포획당할 수가 있다. 그리고 코르티나에게 미묘하게 몹쓸 짓 하는 듯한 기분도 살짝…… 뭐, 이건 넘어가고.

"어찌 되었든, 우선은 돈이 있는 곳에 거래를 제안해 보는 것이 기본이려나?"

"도적들의 길드도 체크해 두고 싶구나. 그쪽은 내가 맡도록 하마."

"부탁해, 가들스."

거친 사람이 많은 도적 길드에서는, 언제 목숨의 위험이 덮칠지 알 수 없다.

그런 장소에 마리아나 코르티나는 보낼 수 없다. 뭘 어떻게 하면 쓰러트릴 수 있을지 알 수 없을 정도로 튼튼한 가들스가 적임자라고 할 수 있을 것이다.

"그럼 나는 도시의 문을 돌면서 수상한 인물을 본 적이 없었는지를 물어보겠어."

"그러면 나는 교회를 돌아볼게. 그곳도 사람이 드나드는 장소이니까."

라이엘은 우리 중에서 가장 카리스마가 넘쳐나는 인재다. 그렇기에 기사나 위사를 상대로 하는 탐문에서는 가장 높은 성과를 낸다.

그리고 마리아는 세계 최대의 종교인 세계수교의 법왕마저 뛰어넘는 지지를 받는 성녀. 일선을 물러났다고는 해도 그녀의 물음에 침묵으로 답할 사람은 없다.

"그럼 나는 집으로 돌아가 잠을 잘게."

"트리시아도 일해!"

"이젠 체력과 스트레스가 한계야! 오늘 하루 몇 번이나 죽음을 각오했는지 알아?!"

"고작 두 번이잖아."

"충분해!"

트리시아 보건의는 히스테릭하게 그렇게 아우성쳤다. 일반인에게 파이어 자이언트의 전투와 트렌트의 포위망은 역시 무리가 있었나.

그런 것치고는 미쉘과 레티나는 아무렇지도 않아 보였는데…….

"미쉘과 레티나는 무섭지 않았어?"

"응? 무서웠지만, 라이엘 님이 함께 있어 주었으니까."

"그렇네요. 그분들과 함께라면 만일의 사태는 존재하지 않아요."

"그 신뢰는 고맙지만 자기 몸을 지키는 노력은 하자."

우리 부모를 향한 신뢰는 실로 고맙다. 하지만 당사자에게 자신을 지킬 의지가 없으면 지킬 수 있는 것도 지키지 못한다.

특히 도시 안에서의 행동에서는 여러모로 위험이 많아질 가능성이 있다. 이것은 정면에서의 전력으로는 어떻게도 할 수 없는 것이다.

결국 미쉘과 레티나는 라이엘과 다른 사람이 타일러서 한동안 자택에서 대기하게 되었다.

　밤, 나는 몰래 저목장으로 향해 매번 하는 단독 훈련에 힘쓰고 있었다.

　털실을 팔다리에 감고 근력을 보조하며 질주와 도약을 반복한다. 서늘함이 남은 밤공기가 달아오른 몸을 적당히 식혀주어서 정말 기분이 좋다.

　실을 통한 강화도 꽤 익숙해지기 시작해서 첫날처럼 목재에 얼굴부터 처박거나 하는 실수는 저지르지 않게 되었다. 그렇다고 해서 실의 강화 한계치까지 힘을 낼 수 있는 것은 아니다.

　내 기프트인 실 조작은, 실 한 가락으로 내 근력과 같은 정도의 힘을 발휘할 수 있었다.

　실은 접촉하고 있으면 조작할 수 있으니까 열 손가락의 실을 한 팔의 강화에 집중하면 최대 열 배의 근력을 발휘할 수 있다는 계산이다.

　하지만 일은 그리 간단히 풀리지 않는 것이 현실이기도 하다.

　우선 내 마력으로는 털실을 강화할 수 있는 시간은 길어도 3분 정도밖에 버티지 못한다.

　즉, 이 가속 행동은 길어야 3분인 것이다.

　게다가 내 몸은 눈물이 날 정도로 빈약하다. 한 가닥을 감아서 전력을 다해 움직이는 것만으로도 관절이 삐걱거리고, 근육섬유가 뚝뚝 끊어지는 감각이 느껴진다.

첫날에는 전력을 내지 않았으니까 다행이었지, 만약 흥에 겨워 피아노 줄로 '갑자기 다섯 배!' 같은 짓을 했다면 저 목장에 어린 소녀의 조각난 시체가 흩뿌려지는 사태가 벌어질 뻔했다.

이 감촉으로 봐서는 아마도 두 배에서 3분. 세 배로 했다가는 1분도 버티지 못한다. 네 배까지 가려고 하면…… 10초 만에 인대가 파열되고 말 것이다.

그런 데다 근력을 강화할 수 있다고 해도 근본은 어린 소녀의 근력이다.

설령 다섯 배의 근력을 발휘할 수 있다고 해도 다 큰 어른을 이길 수 없을 것이다. 몸이 가벼운 만큼 효율은 높을지도 모르지만, 결국 무리할 수 없다는 점에서는 차이가 없다.

어둠 속에서 목재를 차 다른 목재로 뛰어 이동한다. 전생의 직업상 밤눈은 밝은 편이었던지라 어둠 속에서도 주저 없이 도약할 수 있다.

그리고 미약한 달빛을 내 은발이 반사해서 미묘하게 주위를 비추어주고 있다. 발밑의 불안은 없는 것이나 마찬가지다.

"홋!"

작은 숨을 내뱉고, 도약과 함께 이번에는 피아노 줄을 던진다. 강사(鋼絲)는 다른 나무에 감겨 내 도약궤도를 강제로 변경시켰다.

이 피아노 줄을 다루기 위해 두꺼운 가죽장갑을 조달했는데 이쪽 상태도 나쁘지 않다. 손의 부담은 크게 경감시키면서도 섬세한 조작 역시 가능하다는 뛰어난 물건이다.

도약 방향을 거의 90도까지 변경해, 진자운동을 가로에서 세로로 변화시킨다.

세로의 진자운동으로 나는 허공을 날아 공중제비를 한 뒤 그대로 대기소 지붕에 착지했다.

이 기동은 전생에서도 했었던 것으로, 분명 강화한 근력으로 이것을 구사할 수 있게 되면 크게 전력이 올라가게 될 것이다.

나는 지붕 위에서 앉아 잠시 휴식했다.

밤바람이 긴 머리카락을 흔들어 체온을 적당하게 빼앗아 간다.

나는 목에 감고 있던 머플러를 올리고 몸을 슬쩍 떨었다. 이 머플러는 얼굴과 머리를 감추는 역할도 있어, 눈에 띄는 내 머리카락을 감추는 데 편리하다.

몸에 찰싹 달라붙는 셔츠에 스패츠. 거기에 머플러. 그리고 검은 재킷 같은 큼직한 가죽 상의.

주위에서 보면 그저 수상한 사람일 뿐이다.

그것도 나처럼 아직 나이도 먹지 않은 어린 여자아이가 하고 있다고 한다면…… 수상함은 몇 배가 될 것이다.

"확실히 근력 강화가 가능해지고 거기에 이 기동력이 있으면…… 전력으로서는 충분히 평가할 수 있으려나. 하지만 최강이라고 하기에는 부족한가. 그 신께서는 대체 이 능력의 무엇을 어떻게 쓰라고 하는 거야?"

이 수법으로 늘어나는 것은 어디까지나 기동력이다.

공격력은 전혀 상승하지 않았다. 뭐, 적의 등 뒤에서 공격하기 쉬워졌다고 생각하면 올라갔다고 해도 과언은 아니지만, 그것만으로는 너무 부족하다.

따로 쓸 길은 없는가 싶어 지붕 위에서 다리를 꼬고 앉아 고개를 갸우뚱거리고 있었더니, 밤바람에 실려 희미한 울음소리가 전해져 왔다.

"응? 울음소리…… 그것도 어린아이인가?"

어린 느낌이 잔뜩 남아 있는 목소리에 나는 의문을 품었다. 이 밤중에 인적이 없는 저 목장에서 듣기에는 너무나도 어울리지 않는 성질의 목소리였기 때문이었다.

"아니, 내가 할 말은 아니지만."

남들의 시선이 없는 장소에 있는 어린아이라고 하면 나도 그렇지만. 그런 그렇다 치고 이런 장소에 있는 아이를 방치할 수는 없다.

지붕 위에서 주위로 시선을 보내고, 목재 그늘에서 웅크리고 있는 어린아이의 모습을 발견했다.

아무래도 너무 깊이 생각에 잠겨서 접근을 알아채지 못한 모양이다.

"아니, 너무 긴장이 풀어졌잖아. 뭘 하는 거야 정말……."

말을 건다고 해도 이 눈에 띄는 머리카락과 눈을 감추지 않으면 금방 신분이 노출되고 만다.

청은색 머리카락과 붉고 푸른 색이 다른 눈동자는 너무나도 눈에 띈다.

나는 머플러를 터번처럼 머리에 감고 한쪽 끝자락을 오른쪽 눈위에 늘어트렸다.

내 오른쪽 눈은 마리아에게 물려받은 심홍색 눈동자이기 때문에 너무 눈에 띈다. 왼쪽 눈만 놓고 보면 라이엘의 푸른 눈이라 이쪽도 빼어나게 아름다운 색깔이지만, 색 자체는 흔하다고 볼 수 있다.

그렇게 특징적인 부분을 감추고 나서, 강사를 사용해 몸을 지지하고 소년의 앞에 있는 목재에 사뿐히 내려섰다.

"소년, 왜 울고 있지?"

성별로 이쪽의 정체를 추추해도 귀찮으니 남자라고 착각하도록 최대한 목소리를 낮게 깔았다.

하지만 내 목소리는 아무리 발버둥 쳐도 맑고 투명한 미소녀의 목소리에 지나지 않았다. 자신의 목소리에 저도 모르게 고뇌가 신음으로 흘러나오고 만다.

"음……."

"여자…… 아이?"

저도 모르게 신음한 내 목소리에 그 아이가 반응해 고개를 들었다.

허름한 의복에 창백한 피부. 검은 머리카락은 부스스해서 손질이 되지 않은 개의 털 같다. 늘씬하게 뻗은 팔다리와 단정한 용모는 미소년이라고 해도 좋다. 가증스러운 미형이 될 충분한 장래성을 느끼게 했다.

그리고 무엇보다, 이마에서 불룩 솟은 혹…… 아니, 뿔.

"반마인?"

"앗?! 이건——."

황급히 이마를 가리고 허둥거리는 소년. 남들이 보지 못하게 감춰야만 한다. 반마인은 그만큼이나 미움받는 종족이다.

하지만 과거에 반마인이었던 나에게는 기피해야 할 대상이 아니다. 오히려 동족 의식 같은 것까지 솟아난다.

"무서워할 필요는 없어. 나는 딱히 반마인이라고 해서 차별하지 않으니까."

"어?"

내가 혐오감을 드러내지 않아서 놀란 표정을 짓는 소년.

그것을 방치하고 나는 그 자리에 주저앉았다. 허리 뒤에 매달린 수통에서 물을 한 모금 마시고 소년에게 던졌다.

"너도 마시지? 울고 있어서 목이 마르잖아."

"어…… 응?"

겁을 내면서 받는 소년. 소년은 내가 던진 수통을 머뭇머뭇 입으로 가져갔다.

이것은 그가 목이 말랐다기보다는 내 지시를 듣지 않았을 때의 보복을 두려워하는 태도였다.

그 태도에서 그가 평소 어떤 처사를 받고 있는지가 보였다.

"진정됐어?"

애초에 그다지 양이 남아 있지 않았던지라 금방 전부 마시고 말았던 모양이다. 입을 땐 타이밍을 노리고 나는 다시금 말을 걸었다.

내 물음에 소년은 머뭇머뭇 대답했다.

"으, 응."

"이런 시간에 무슨 일이야? 어린아이가 돌아다닐 시간이 아니다 싶은데."

"너도 마찬가지—— 아, 미안해."

"나는 딱히 괜찮은데 말이야. 말투 같은 건 신경 안 쓰니까."

아마도 나에게 반론한 것을 사과했으리라고 추측해, 그렇게 전했다.

예상대로 소년은 놀란 듯한 표정으로 이쪽을 봤다.

"나는 반마인에 편견을 갖고 있지 않아. 그러니까 신경 쓰시 않아도 돼."

"그렇구나…… 특이해—— 아!"

"응, 아무리 그래도 이상한 사람 취급에는 화를 내지만 말이야."

목재 위에서 탁 뛰어내려, 소년의 등 뒤로 돌아가 뒤에서 양쪽 뺨을 잡아당겼다.

털실을 팔다리에 감아 근력을 보강한 내 움직임은 소년의 눈으로 따라잡을 수 없는 속도였을 것이다.

순식간에 뒤를 잡혀 뺨을 잡아당기자 소년은 허둥거리며 날뛰었다. 한차례 벌을 주고 나서 다시금 거리를 벌렸다.

"앗…… 굉장해."

"응?"

"빨라서, 놀랐어."

"아아, 움직임? 조금 머리를 써 본 거야."

내가 다시금 탁 도약해 소년의 머리를 뛰어넘었다.

근력이 부족하다고 해도 움직이는 것은 어린 소녀의 몸이다. 가벼운 만큼 속도와 도약력 면에서 눈에 띄는 효과를 발휘한다. 그래도 다 큰 어른의 근력과 비교하면…… 살짝 부족한 구석이 있지만.

"그거, 어떻게 머리를 써야 하는 거야?"

"이름을 묻기 전에 그걸 물어보는 거야?"

"아, 미안해……난, 클라우드라고 해."

"그래, 나는——."

말하다가 깨달았다. 나는 나름이 도시에서 이름이 알려져 있다. 여기서 이름을 밝히면, 밤에 비밀 특훈을 하는 것이 들킬 가능성이 있다. 아니, 확실하게 그렇게 된다.

"저기~ 그렇지, 내 이름은 레이드라고 해."

"레이드? 육영웅인 사람?"

"응, 그래. 가장 멋진 사람."

스스로 자신을 이렇게 말하는 것은 낯간지럽지만…… 뭐, 어린아이 앞이니까, 다소 우쭐하는 것쯤은 용납되겠지?"

"가장 먼저 죽은 사람이잖아."

"죽여버린다."

"히익?!"

다시금 뺨이 잡히는 클라우드. 이 녀석, 입이 가볍지 않나? 본명을 밝히지 않은 것이 정답이었나.

"너도 반마인이라면 좀 더 경의를 표해, 짜식아!"

"죄송해요! 죄송해요!"

잡아당기고 나서야 안 건데, 이 녀석의 뺨은 의외로 잘 늘어나는

구나. 재미있다.

그건 그렇고, 동포인 반마인에게까지 이런 소리를 듣는 것에는 조금 울컥했다. 요새는 나를 좋게 평가해 주는 사람만 봐서 우쭐해졌던 것일지도 모른다.

"그, 그래도 그 사람은 예외예요. 육영웅은 반마인이라든지 그런 것을 초월했으니까요."

"그야, 뭐……."

이 세계에서 육영웅을 비판하는 인간은 없다.

북부의 왕국을 세 개 멸망시키고, 수십만…… 아니, 백만에 달할지도 모르는 희생자를 낸 사룡을 토벌한 공적은 그만큼 크다.

전생의 내가 반마인이라는 것을 소리 높여 비판하는 사람 따위는 존재하지 않는다. 만약 입에 담는 것을 발견하면 '그럼 네가 해 봐.' 라며 드래곤 앞으로 끌려갈 것이다.

그런 공적을 남겼어도 반마인의 지위 향상에는 도움이 되지 않았다. 나는 어디까지나 '예외' 인 것이다.

"너…… 아니, 클라우드, 너도 박해받고 그러는 거야?"

"어, 응…… 그게……."

내 말에 클라우드는 말을 어물거렸다. 이 태도만으로 대답한 것이나 마찬가지다.

"부모는 어디 있어?"

"나, 고아원에서 살고 있으니까."

"애들이 괴롭히는 건가. 그 부분은 엄중하게 체크하고 있을 텐데 말이지."

반마인 아이는 그 혐오감 때문에 버려지는 일도 많다. 원래 수백 명에 한 명 태어날지 어떨지 하는 확률이라 문제가 되기도 어렵다.

사람과 다른 외모. 너무나도 소수파이기에 무력하다. 그렇기에 박해하기에는 딱 좋은 존재. 그것이 반마인이다.

그래서 고아원에 반마인 아이가 있는 것은 드문 일도 아니다. 실제로 지난 생의 나도 그랬다.

하지만 나라는 전례가 생기고 나서 라움에서도 고아원 체크는 엄해지기 시작했으니까. 그런 박해는 일어나지 않고 있었을 텐데……

"아니야, 선생님은 사이좋게 지내라고 해. 하지만……"

"아아, 그렇구나. 어린아이는 천진난만하고——사정을 봐주지 않으니까 말이지."

어린아이의 괴롭힘은 어떤 의미로는 어른도 질색할 정도로 잔혹할 때가 있다. 클라우드도 아마 그런 피해를 보고 있을 것이다.

"그래서, 좀 전의 움직임을 어떻게 하는지 물어본 건가."

"응."

"보복하기 위해서?"

"응……"

어린아이 사이의 계급은 운동을 잘하는지, 공부를 잘하는지 등으로 정해진다. 조금 전의 움직임을 할 줄 알면 괴롭힘의 늪에서 빠져나올 수 있다. 그렇게 생각해도 어쩔 수가 없다.

나도 그 마음은 이해가 된다.

나도 어렸을 적 박해를 받은 탓에 반골 기질을 정의감으로 바꿔 힘을 추구했으니까.

그리고 그 감정이 폭주해 닥치는 대로 악을 단죄하고 암살자로 두려움을 받게 되었다.

눈앞에 있는 소년은 처지가 내 어렸을 적이랑 판박이라고 해도 좋다. 이대로는 나와 마찬가지로 힘을 추구해 폭주하기 시작할 가능성이 있다.

"뭐, 이건 조금 특수한 기술을 사용하는 거니까, 네가 그걸 습득할 순 없겠지만……."

"그렇구나…… 안 되는구나."

압도적 부조리를 부여해 주는 신의 축복 기프트. 그것에 유래한 능력이라는 것은 일반인에게는 손에 넣을 수 없는 힘이라고 선고하는 것과 동등하다. 어설프게 희망을 주는 것보다는 무리라고 단언해 주는 것이 본인을 위한 일이다.

애초에 이 기술은 내가 갈고닦은 능력이다. 이런 기동력은 라이엘도 없다.

하지만 풀이 죽어 어깨를 떨군 클라우드를 방치하는 것은 조금 뒷맛이 좋지 않다.

"그래도 기본적인 싸움법 정도라면 가르쳐 줄 수 있어."

"정말?!"

활짝, 급격하게 웃는 얼굴을 보이는 클라우드. 이렇게 기분이 확확 바뀌는 건 아이라서 그런 걸까, 아니면 이 녀석이 특이한 걸까.

그 뒤로 나는 클라우드에게 검을 사용할 때의 마음가짐 등을 설명해 주고 가볍게 사용법을 강의해 주었다.

아무리 그래도 실을 사용하는 방법은 터득할 수 없을 테니까 범용성이 높고 일반적인 검과 방패를 다루는 법을 선택했다.

검이라면 어느 마을에서도 구할 수 있고, 방패는 몸을 지키는 데 효과적인 장비다. 갑옷과 달리 어린아이라도 충분한 방어력을 얻을 수가 있다.

그리고 나는 과거 파티 해산의 쓰라림을 겪고 나서 동료를 새로 모을 수가 없었다. 이것은 내 특수한 전술이 걸림돌이 되었다는 것을 부정할 수 없다.

클라우드는 나와 같은 전철을 밟지 않기를 바란다. 그러기 위해서도 범용성을 최대한 중시해 주고 싶다.

그 뒤에 밤에 또 만나면 가르쳐 주겠다고 약속했다.

그러한 연유로, 나에게 첫 번째 제자가 생겼다.

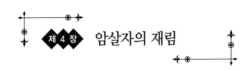

제 4 장 암살자의 재림

다음 날, 나는 코르티나와 동행해 라움 최대의 상회인 홀튼 상회로 갔다.

출발 전에 나와 코르티나는 머리를 감추고 변장했다. 위험한 물품을 조사하는 이상 유명인이 찾아오면 보여주기 식으로 끝날 가능성이 있기 때문이다.

코르티나는 멜빵이 달린 바지로 복슬복슬한 꼬리를 감추고, 하얀 셔츠와 진한 남색 재킷을 걸쳐서 중성적인 차림을 했다. 특징적인 고양이 귀는 베레모로 감췄다.

나도 금발 가발을 쓰고 평소 이상으로 장식이 많이 달린 의상을 입은 채 코르티나의 뒤에 숨듯이 걷고 있었다. 코르티나도 금발이라 잘하면 자매처럼 보일 것이다. 이것으로 심약한 소녀가 활동적인 언니와 물건을 사러 온 것처럼 보일 것이다.

내가 이 의상을 입을 때 기뻐하는 피니아의 표정은…… 아니, 그건 무시하자.

상회 입구를 들어가니 점원이 쾌활한 웃음을 지으며 우리에게 인사했다 익숙하지 않은 변장 탓인지 코르티나가 움찔거리며 반응했다.

"어서 오십시오! 홀튼 상회에 잘 오셨습니다."

"어, 아우…… 예?"

"티나, 여기서는 인사에 답할 필요는 없어."

당황해서 꾸뻑하고 머리를 숙여 인사에 답한 코르티나를 본 나는 엉덩이를 꼬집어서 주의를 줬다. 원래부터 뒤에 붙어서 따라왔기 때문에 그 모습은 누구에게도 보이지 않았을 것이다.

"아~ 저기…… 그게……."

"필요한 약이 있는데요."

"약 말입니까? 그럼 약제사 점원을 불러올 테니——."

"아니요, 특수한 약이니까 상회장에게 직접 이야기를 듣고 싶은데요."

"상회장님 말입니까……."

아직 긴장이 풀리지 않은 코르티나 대신 내가 대화의 주도권을 잡았다. 하지만 아무리 그래도 갑자기 상회장과 만나게 해달라고 하면 의심하려나.

그러고 보니 이곳은 마치스인가 하는 아이의 집안에서 경영하는 곳이지.

"아, 그러고 보니까 저, 마술학원에서 마치스라는 아이와 같은 반인데요……."

같은 반이라고 해도 그 인원수는 상당히 많다. 이 정도라면 대화의 시작으로는 딱 좋다.

"마치스 님의…… 그래서 약을——?! 잠시 기다려 주십시오!"

점원은 매우 당황한 기색으로 안으로 물러갔다. 그 모습에 예삿일이 아니다 싶은 분위기가 느껴졌다.

"뭔가…… 이상해."

"그래. 그리고 겁을 먹은 것 같은 느낌도 들어."

"그것보다 코르티나. 어째서 그렇게 허둥대는 거야?"

"으으, 변장한 내가 이상하지 않나, 조금 신경이 쓰여서. 니콜, 나 이상하지 않아?"

"괜찮아, 멋있어."

베레모를 두 손으로 잡는 동작이라든지, 마치 소녀 같은 풋풋함이 느껴졌다.

하지만 지금은 그것을 귀여워하고 있을 틈이 없다. 살며시 주위의 모습을 살펴보니, 다른 점원도 조금 전의 발언 이후 날카로운 분위기를 풍기고 있었다.

슬쩍슬쩍 이쪽을 살피는 점원마저 있다. 다른 손님들은 아무 일도 없는 듯한 반응이다.

이상한 긴장감 속에서 잠시 시간이 지난 뒤에 풍채가 좋은 남자가 가게 안쪽에서 나온다. 하지만 그 얼굴은 창백했다.

"손님이십니까, 약을 찾으신다는 분은? 그리고 마치스와도 아는 사이라고요."

"아, 예."

땀을 철철 흘리는 남자에게 나는 당혹스러워하면서도 대답했다.

남자는 손수건으로 땀을 닦으며 이쪽으로 오른손을 내밀고 자기소개를 했다.

"인사가 늦었습니다. 저는 이 상회를 책임지고 관리하는 자로, 헤이즈 홀튼이라고 합니다.

"저는…… 저기, 도나라고 해요."

이 경우 코르티나의 이름이 나오지 않는 것이 좋다고 생각해, 적당한 이름을 밝혔다.

내 소문은 온 도시에——까지는 아니지만 상당히 널리 퍼져 있다. 여기서는 코르티나만이 아니라 내 이름도 감춰두는 편이 좋을 것이다.

소재로 삼은 도노반 군, 미안해. 아니, 녀석에게 사과할 필요는 없나.

"도나 양, 이십니까."

"예, 이쪽은 제 보호자로 티나라고 해요. 언니예요."

"자, 잘 부탁드립니다."

코르티나는 대단히 머리가 잘 돌아가고 응용력도 있지만 자신의 상태가 유지되지 않는 상황에 당혹스러워하고 있는 모양이다.

상인과의 흥정. 게다가 정체를 드러내지 않은 채로. 그런 상황은 군에 있던 코르티나가 경험해 본 적이 거의 없을 것이다. 이럴 때는 내가 주도하지 않으면 실패할지도 모른다.

"여기서 이야기를 나누는 것도 그러니 안쪽으로 들어오시죠. 차도 내드리겠습니다."

"아, 예."

헤이즈 씨는 우리에게 카운터 안쪽의 별실에서 이야기를 나누자고 제안해 주었다.

아무래도 우리와 이야기 나누는 것을 다른 사람에게 들려주고 싶지 않은 것 같다. 마치 남의 눈을 피하듯이 안쪽 방으로 안내했다.

간소하지만 기품 있는 작은 방의 안으로 들어가고, 마지막에 들어온 헤이즈 씨는 문을 단단히 닫았다. 그뿐만이 아니라 문까지 잠그고.

"저기, 어째서 문을 잠그죠?"

"······너──."

"너?"

"너희가 마치스를 유괴한 것이냐!"

"예에?"

헤이즈 씨는 코르티나에게 다가가 옷깃을 잡아올렸다. 그 표정은 조금 전까지의 창백함에서 완전히 바뀌어 새빨개져 있다. 어지간히 머리에 피가 솟구쳐 있는 모양이다.

"자, 잠깐?!"

"나에게 불법 약을 사라고 접근해 놓고, 거절했더니 딸을 유괴하다니──."

"아니, 나는 그것과 관계가──."

"잠시만, 코르티나. 헤이즈 씨, 그 이야기를, 자세히."

"뻔뻔하구나! 네놈들이 그 녀석들의 일당이라니······."

완전히 흥분한 상태다. 이대로는 사정을 들을 수 없을 것 같고, 듣는다고 해도 제대로 된 내용이 아닐 것이다.

아무튼 진정시킬 필요가 있다.

"어쩔 수 없지. 코르티나, 모자를 벗어."

"뭐?"

"역시 가명이었나! 본명은 코르티……나…… 님?"

"어, 아, 응."

서슬이 가라앉은 틈을 타 코르티나가 쓰고 있던 베레모를 벗었다.

그 밑에서 금발과 그것에 가까운 색조의, 장모종의 묘인족 특유의 복슬복슬한 귀가 쫑긋 솟아올랐다.

"그…… 귀…… 정말로……? 시, 실례했습니다앗!"

용수철이 달린 인형처럼 폴짝 뛰고 물러나더니, 대단하다 싶을 정도로 매끄럽게 엎드려 빌었다. 바닥에 엎드려 부들부들 떨고 있는 것을 보면 진심으로 겁을 먹고 있는 모양이다.

"아니, 괜찮아요, 신경 쓰지 않으니까요. 그것보다 자세한 이야기를――."

코르티나는 흐트러진 옷을 정돈하고 의자에 걸터앉았다. 이것으로 간신히 진정하고 이야기를 나눌 수가 있을 것 같다.

그렇다고는 해도 조금 전 대화에서 흐름을 얼추 파악했다. 여왕꽃의 씨앗을 훔친 녀석들이 이 나라에서 가장 큰 상회인 홀튼 상회로 물건을 가져왔고, 불법 상행위를 헤이즈가 거절했다.

그것에 원한을 품고 딸인 마치스를 유괴했다는 것이 아닐까.

"실은 3일 전이었습니다. 모험가로 보이는 남자 세 명이 여왕꽃의 씨앗을 가져와서…… 물론, 여왕꽃은 손을 대서는 안 되는 몬스터. 그 씨앗을 매입하는 것은 법적으로도 문제가 있으니 거절하고 돌려보냈습니다."

모험가들은 그때는 얌전하게…… 뭐, 욕은 했지만 그때는 얌전하게 물러났다고 한다.

하지만 그 이틀 뒤, 마치스가 자취를 감추었다. 그 대신에 여왕
꽃의 씨앗을 매입하라는 협박장이 전해졌다고 한다.

그리고 오늘, 약을 찾는다고 방문한 마치스의 동급생이라고 이
름을 밝힌 나를 범인의 일당이라고 착각했다는 것이다.

"아무래도 여기가 정답이었던 모양이네."

"응."

코르티나는 악당 같은 웃음을 씨익 짓고 있었다.

아무래도 마치스를 유괴한 녀석들과 씨앗을 훔친 도적은 같은
일당 같다. 그래서 코르티나를 통해 헤이즈 씨에게 이번 사건을
우리에게 맡겨 달라고 요청하자.

딸을 위해 함부로 움직이지 말라는 경고도 포함해서다.

"이 사건은 저희가 조사하고 있는 사건과 범인이 같은 모양이네
요. 괜찮다면 저희에게 맡겨 주실 수 있을까요?"

"코르티나 님께서 맡아주신다면야…… 하지만 딸의 목숨만은
부디."

"그것은 무엇보다 잘 알고 있어요. 저도 아이의 소중함은 몸소
느끼고 있으니까요."

그렇게 대답하며 내 머리를 쓰다듬었다.

머리카락의 감촉이 마음에 들지 않았는지, 그대로 가발을 쏙 벗
겼다. 그러자 마리아에게 물려받은 가늘고 부드러운 청은색 머리
카락이 나타난다.

"그 머리는, 혹시 마리아 님의……?"

"예, 마리아와 라이엘의 딸인 니콜. 즉, 저에게도 딸이나 마찬가지죠. 마치스 양은 이 아이의 동급생이니 전력을 다해 사태를 수습하도록 하겠어요."

"그렇다면 참 든든하군요!"

"그러니까 이번 사건에 관해서는 계속해서 조용히 있어 주세요. 그리고 사역마를 하나 두고 가도 될까요?"

"예. 부탁드리겠습니다."

사역마란, 패밀리어(사역마 작성)라고 불리는 마법으로 만들어지는 골렘의 일종이다. 단순한 골렘과 달리 사용자와 감각을 동화할 수 있어서 떨어진 장소에서도 사태를 파악할 수가 있다.

마물 조종계 마법이지만 어렵지 않고 편이성이 좋아서 습득한 술사가 많다.

헤이즈 씨의 허가를 구하고 10분 정도 마법 의식을 치른 뒤, 작은 햄스터 형태의 사역마가 만들어졌다.

헤이즈 씨의 상의 주머니에 그 사역마를 숨겨 상황을 파악하려는 심산이다.

"저희가 너무 오래 머무르면 적에게 의심받을지도 몰라요. 앞으로는 이 사역마를 통해서 연락하도록 하죠."

"이 사역마는 말을 할 수가 있습니까……?"

하위 사역마에는 성대가 없어서 말할 수가 없다. 하지만 정밀하게 만들어진 상위 사역마라면 사람 말도 할 수 있다.

하지만 코르티나는 마물 조종계 마술을 그렇게까지 숙달하지 못했다. 아니, 넓고 얕게 각 분야를 습득했기 때문에 고위의 마법에는 손이 닿지 않는다. 맥스웰 같은 존재가 너무 비정상적일 뿐이다.

"제 힘으로는 말하는 사역마를 못 만들어요. 나중에 마리아나 맥스웰의 사역마를 보낼 테니까 연락은 그쪽으로 하죠."

"알겠습니다. 그렇게 하죠."

머리를 숙여 인사하는 헤이즈 씨. 그 얼굴에서는 안도하는 기색이 보였다. 마치스가 행방불명이 되고 하루. 아마도 걱정하다가 정신이 마모되었을 것이다.

유괴한 직후에 그 사실을 알리고, 요구사항을 전달할 때까지 일단 시간을 둔다.

그렇게 함으로써 목표물의 정신을 마모시키고 쇠약해졌을 때 요구사항을 들이민다. 시간을 들여서 약해진 피해자의 모습을 보여주는 것도 효과가 높을 것이다.

구원을 눈앞에 두고 쇠약해진 마음은 그 낚싯바늘에 손쉽게 걸린다. 범죄자가 자주 써먹는 수법이다.

이번에는 그 시간이 변수가 되었다고 해도 좋다. 쇠약하게 만들 시간이 필요했던 탓에 우리가 늦지 않을 수 있었으니까.

헤이즈 씨와 헤어지고 가게 밖으로 나와 몰래 주위를 살폈다. 하지만 수상한 자는 발견할 수가 없었다.

문제는 코르티나가 이런 사태에 익숙하지 않다는 사실이다. 주변을 두리번두리번 살피고 있었다.

"코르티나, 너무 두리번거리지 마."

"으, 미안해. 군을 움직이는 거라면 모를까, 도시에서 움직이는 건 익숙하지 않아서."

전장처럼 특수한 환경에서 주로 싸운 코르티나는 도시 안에서의 탐색 경험이 적다.

게다가 우리와 함께 여행을 떠난 뒤로는 야전뿐이라, 도시 안에서 행동하는 일은 거의 없었다.

사룡이라는 적을 토벌하기 위해 모인 우리를 받아들였다간 사룡의 원한을 살 우려가 있다.

도시에는 최소한으로만 들러서 행동했기 때문에 코르티나는 일반적인 모험가와 비교해 정상적이지 않은 경험밖에 없다.

"그나저나 니콜은 침착하네. 나보다도 의지가 돼."

"칭찬해도, 아무것도 줄 건 없어."

악을 단죄하는 암살자. 그것을 실행하기 위해서 내 전투력은 도시 안에서 최대로 발휘된다.

코르티나와는 완전히 반대되는 방향성이다.

"어디서 그런 기술을 배웠어? 마리아한테?"

"어?!"

큰일이다. 평소와 다르게 내가 주도하는 전개라서 너무 흥을 내고 말았다.

너무 주제넘게 나서면 당연히 의심받는다. 나는 아직 열 살에도 미치지 못한 어린아이니까.

"저기~ 저기~…… 마마였는지, 파파였는지, 기억 안나……."

자신이 없다는 듯 부자연스럽게 고개를 숙이고 턱에 손가락을 대며 생각에 잠기는 동작을 한다.

확연하게 애교를 부리는 태도지만 상황을 얼버무리기 위해서라면 수단을 가릴 수 없다.

실제로 코르티나도 그런 내 모습을 보고 손을 맞잡고 몸부림치고 있다. 이것으로 정체를 밝힐 수 없는 이유가 또 늘어난 기분이든다.

"뭐~ 상관없나~! 니콜은 귀~여우니까!"

"으그~웃?!"

껴안으려고 달려드는 코르티나를 굳이 피하지 않고, 나는 꼼짝도 못 하고 인형처럼 꼭 안겼다.

정수리에 뺨을 문대는 코르티나. 일단은 얼버무린 것 같으니까 그냥 넘어가자.

코르티나만이 아니라 이쪽을 보고 있는 시선에도──.

그렇다. '수상한 자'는 발견할 수가 없었다.

하지만 나는 확연하게 피부를 찌르는 듯한 시선을 느끼고 있었다. 피부가 곤두서는 듯한 감각이 발견할 수 없는 누군가의 존재를 인식하게 한다.

틀림없이, 누군가가 이쪽을 감시하고 있는 것 같다.

"볼일이 끝났으니까 돌아갈래? 모두 기다리고 있으니까."

"그, 그렇네. 원하는 정보는 들어온 셈이니까……. 정보를 공유하고, 말할 수 있는 사역마를 맥스웰이나 마리아에게 보내달라고 해야지."

내 권유에 따라 둘이서 서둘러 움직이기 시작했다. 나도 뒤따라가지만 시선은 떨어지지 않았다.

그런데 모습은 확인할 수 없다. 아마도 상대는 나와 마찬가지로 은밀 기프트가 있을 가능성이 크다. 탐지계 기프트나 마법이라도 쓰지 않는 한은 무력화할 수 없을 것이다.

"뭐, 트렌트의 경계망을 뚫고 들어갈 정도라면 그것도 당연한가. 그렇다면 이대로 그냥 집으로 가는 것도 좋지는 않겠는데."

나는 입안에서만 그렇게 중얼거렸다.

이대로 귀가하면 육영웅이 사건에 관여한다는 것이 적에게 들키고 만다.

만약 알려지면 놈들은 이 도시에서 도망치고 말 것이다.

그런 사태가 벌어지면 마치스의 목숨이 위험하다. 인질은 도시에서 도망칠 때 거추장스럽기 때문이다.

"코르티나, 이쪽."

"응? 어딜 가는 거야?"

"있잖아, 오줌."

"아, 그렇구나. 차를 마셨으니까 말이지."

우리는 가까운 카페로 뛰어들어, 안쪽 자리에서 티 세트를 주문하고는 동시에 화장실로 달려갔다.

아무리 그래도 여기까지는 시선이 느껴지지 않는다. 아니, 카페 안까지는 추적하지 않았다고 해야 할까. 모습이 보이지 않는데 문이 열리고 닫힌다면 아무래도 사람들 눈에 띄고 만다.

내가 지닌 은밀 기프트는 사람의 눈이 많은 장소에서도 그 모습을 인식하기 어렵게 할 수가 있지만 모습을 지울 수 있는 것은 아니다.

추적자에게 같은 능력이 있다고 가정할 경우, 입구를 주시하면 추적이 들키니가 가게에 들어오는 것을 주저했을 것이다.

"코르티나. 들어온 김에 변장을 풀자."

"아~ 그렇지. 이제 별로 상관없겠지."

옷을 갈아입을 수는 없었으니 나는 가발을 벗었을 뿐이고, 코르티나는 모자를 벗고 재킷을 벗었을 뿐이다.

나는 드레스 위에 코르티나의 재킷을 걸쳐서 변장했다.

포멀한 느낌이 있는 재킷과 긴 청은색 머리 덕분에 인상이 확 달라졌을 것이다. 코르티나도 모자와 재킷을 벗은 것만으로 크게 인상이 달라 보인다.

화장실에서 나온 우리는 다른 종류의 시선에 푹푹 찔렸다.

그럴 수밖에. 내 곁에는 코르티나라는 초 유명인이 있으니까.

물론 이 도시 사람들은 코르티나가 있다고 아니까 다른 지방에서처럼 큰 소란이 벌어지거나 하지는 않지만, 그래도 주목을 받는 것은 피할 수 없다.

내가 솔선해서 안쪽 테이블을 골랐기 때문에 도로에서 이쪽을 들여다볼 수는 없다.

변장을 풀었기 때문에 이대로 밖으로 나가면 추적자도 안에 들어간 것이 우리였다고는 알아챌 수 없을 것이다.

어차피 다른 사람들도 아직 돌아오지 않았을 테니, 겸사겸사 코르티나와 케이크라도 탐식하고 가자. 단 음식은── 사실 지난 생에도 좋아했었다.

밤이 되었다. 나는 은밀 기프트를 최대한 활용해 집을 빠져나왔다. 만약을 대비해 집 주변을 조사해 봤지만 수상한 사람이 염탐하고 있는 기색은 없다.

"으~음, 이건 이쪽을 추적하게 만드는 편이 빨랐으려나?"

그래도 코르티나가 엮여 있다는 것을 알고 계속 쫓아올 악당은 별로 없을 테니까, 이것도 결과론인가.

어찌 되었든 나는 먼저 약속한 사람이 있으니까, 저목장으로 향했다.

그곳에는 클라우드가 나무토막을 들고 기다리고 있었다. 내 신분을 확인하지 못하도록 머리카락과 얼굴을 감추고 나서 말을 걸었다.

"기다렸지~. 많이 기다렸어?"

"아니야, 이제 막 왔어…… 뭔가 이상한 대화네."

"시끄러워, 입 다물어. 바로 수행에 들어간다."

기다리고 있던 클라우드는 준비운동을 마치고 나무토막을 볼품없이 들었다. 하지만 조금 무거운지 팔이 떨리는 것처럼 보인다.

"잘 들어. 검을 쓸 때 중요한 것은 몸에 맞는 무기를 장비하는 거야."

푸욱──하고 무언가가 머리에 꽂히는 듯한 느낌이 들었다. 심리적으로.

"무거운 무기는 몸에 부담이 커. 오래 싸울 수 없다는 것도 손해지. 우선은 좀 더 가벼운 무기를 드는 것을 권장하겠어."

"그런 건가……."

두 번째의 부메랑이 머리에 꽂힌 기분이 들지만 틀린 소리는 하지 않았다.

전선을 유지한다는 것은 후방의 안전을 확보하는 것이기도 하다. 그리고 그것이 전방을 담당하는 자의 가장 중요한 역할인 것이다.

무거운 무기를 무리해서 쓰다가 일찌감치 지치면 그 역할을 완수할 수 없다.

우선은 자기 몸에 맞는 무기를 장비하고 나서야 비로소 출발선에 설 수 있다.

다행히 이곳은 저목장이라서 나무토막이 사방에 널렸다. 그중에서 크기가 적당한 것을 고르고, 우리는 대치했다.

"전선을 유지한다는 것은 계속 서 있는다는 뜻이다. 즉——."

"야아아아아아압!"

"빈틈이 없는 상대에게 먼저 덤벼드는 것은 오히려 악수. 어지간한 고수가 아닌 이상, 우선은 방어를 우선시해."

클라우드가 내리치는 나무토막을 흘리고, 자세를 무너트리고 나서 옆구리를 슬쩍 찔렀다.

"아얏?!"

"공격하면 방어에 빈틈이 같이 생기는 거야. 그러니까 먼저 견제든 뭐든 해서 상대가 반격할 수 없도록 자세를 무너트려야지. 안 그랬다간 이렇게 돼."

"으, 응."

나무토막을 들고 몇 번이나 교차해 그때마다 가르침을 설파한다.

고아원에서 자란 나에는 스승이 없었다. 조금 도를 넘은 싸움과 실전에서 스스로 기술을 단련했다.

그 경험을 말로 바꿔 소년에게 전한다. 이제까지 정식 제자를 둔적은 없지만, 라이엘도 이런 마음으로 나에게 검을 가르쳐 준 것일까?

코르티나에게 은밀술을 가르쳤을 때는 제자라는 분위기가 아니었으니까 잘 모르겠다. 모르겠지만…… 나쁘지 않은 기분이다.

"무기는 검만으로 한정되지 않아. 이 나무토막은 검을 흉내 낸 거지만, 어디까지나 나무토막이야. 그 상황에 맞는 사용법이 있어."

"어, 우왁?!"

나무토막을 빙글 돌려서 다시 잡고, 클라우드와 근접한 상태에서 곤(棍)처럼 공격해 본다.

나무토막을 검처럼 사용하는 클라우드는 그 변화에 대응하지못하고 공격 수단을 잃었다.

그 빈틈을 노려서 손을 때려 무기를 떨어뜨린다.

무기는 검만 있는 것이 아니다. 도끼도, 망치도, 지팡이도, 활도 있다. 자신에게 맞는 무기를 찾아내는 것도 강해지는 데 중요한 요인이다.

나는 기프트 때문에 실이라는 무기를 간단히 알아챌 수가 있었지만, 그것이 없는 클라우드에게는 잦은 시행착오가 기다리고 있을 것이다.

"명심해. 여기서 가르쳐 주는 것은 싸우는 방법. 몬스터나 악당을 상대로 쓰는 기술이야. 어린아이 상대로 쓰는 것은 금지야."

"어?"

"네가 괴롭힘을 당하는 건 알아. 하지만 여기서 가르쳐 주는 기술은 그런 수준을 넘어섰어. 이것은 적을 죽이고 몸을 지키기 위한 기술이야."

"그건……."

"상대를 죽이고 싶은 것은 아니잖아?"

"응——."

어린아이의 괴롭힘은 사정을 봐주지 않는다. 크게 다치는 장난도 아무렇지 않게 한다.

하지만 상대를 죽이면 클라우드가 악인이 된다. 설령 자신을 지키기 위해서라도 악으로 찍히는 것이 반마인이다.

그것은 클라우드도 아는지, 그 정도로 상대를 미워하는 것은 아닌 모양이다.

이것은 어디까지나 몸을 지키기 위한 기술이자—— 앞으로 고아원에서 떠난 뒤에 도움이 될 기술이다. 나는 그것을 가르친다.

그것으로 왠지 모르게, 자신의—— 레이드라는 존재의 무언가를 남긴 것 같아서.

시간으로는 두 시간 정도였을까.

나는 클라우드에게 싸우는 방법과 모험가의 움직임을 가르쳤다.

클라우드는 언젠가 고아원을 나가야 한다. 앞으로 이 가르침이 도움이 될 때가 있을 것이다.

게다가 아이들이 생각 없이 괴롭히면 성인이 되기 전에 죽을 수도 있다. 그리고 반마인이 죽으면 그 원인을 추궁하지 않은 채로 어둠에 묻는다. 흔히 있는 이야기다.

나는 클라우드와 헤어진 후 사람들의 눈을 피해서 집으로 향했다.

지금의 내 신장은 소인족과 그다지 차이가 없을 정도로 작다. 머리와 얼굴도 감춰서 밤에 보면 수상함이 더욱 늘어난다.

물론, 이미 밤도 깊어서 불이 켜진 집도 드물 정도로 늦은 시간이다. 엇갈려 지나가는 사람은 거의 없다. 그래도 순찰을 도는 위사 등, 사람의 눈이 전혀 없는 것은 아니다.

만약을 대비해 훈련도 겸해서 길이 아니라 지붕 위를 질주하고 있었다.

땀을 적당히 흘려서 밤바람이 상쾌하다. 하지만 이대로 잠들면 땀 냄새가 날 테니까 자기 전에 몸도 닦아야 할 것이다.

그런 것을 생각하면서 지붕 위를 달리고 있었더니, 갑자기 작은 비명이 들려왔다.

"꺅!"

"으어?!"

순간적으로 지붕 위로 튀어나온 굴뚝에 실을 감아 급제동을 걸었다.

여러 개의 강사를 꼬아서 신축성을 늘린 실은 내 몸을 부드럽게 잡아주었다.

"뭐지⋯⋯?"

주위에 사람의 시선은 없다. 지붕 위라는 상황과 밤이라는 시간대. 이쪽을 주시하고 있는 눈은, 감추려고 의도하지 않는 한은 존재하지 않는다.

수상한 것은── 조금 전 실을 감았던 굴뚝 안인가?

"여기, 인가?"

귀를 기울여 보니 무언가를 때리는 듯한 타격음이 끊임없이 울려온다. 그것도 천이나 나무를 때리는 소리가 아닌, 살을 때리는 소리다.

그 타격음 사이에 작은 신음소리가 들린다. 그것은 어딘가 들어본 적이 있는 것 같은 느낌이 들었다.

"설마──!"

나는 굴뚝 안으로 들어갔다. 크기가 작은 굴뚝이라 상당히 좁지만, 다행이라고 할지 내 몸도 그에 못지않게 미니멈 사이즈다.

내부에 달라붙어 있던 검댕을 발판 삼아 쭉쭉 굴뚝 안을 내려갈 수가 있었다.

아래에는 난로에 연결되어 있었는지, 타고 남은 장작이 희미한 연기를 피워 올리고 있었다.

머리카락이나 머플러가 흘러내리면 들킬 가능성이 있어서 단단히 얼굴에 감아 고정한다. 이것으로 연기 때문에 기침할 가능성도 줄어들 것이다.

"그건 그렇고 언제까지 살려둘 셈임까?"

"거래가 끝날 때까지는 꼭 살려둬라. 안 그러면 끝까지 몰린 홀 튼이 무슨 짓을 저지를지 모르니까 말이지."

"하~ 귀찮습다~. 그냥 돌려주지 말고 그대로 노예상이라도 팔 아 버리는 건 어떻습까?"

"바보 자식! 우리는 협상을 했어. 돌려준다고 했으면 돌려주는 거야."

"오오, 역시나 형님. 성실함다, 금욕적임다!"

"단, 살려서 돌려준다고는 한 적 없지만 말이지."

"캬하하하, 악당임다!"

그런 목소리가 들려오고, 또다시 살을 때리는 소리와 신음소리 가 들려왔다.

하지만 그 이후에는 희미한 신음소리 말고 비명이 이어지는 일 은 없었다. 아마도 얻어맞고 있는 인물이 기절한 것이리라.

신음소리는 배를 맞는 바람에 반사적으로 숨을 내뱉는 움직임 으로 발생하고 있는 모양이다.

"거래가 끝날 때까지는 딸을 살려둬. 그리고 도망칠 수 없도록 크론과 제츠 그리고 조이가 3교대로 항상 감시해."

"알겠습다."

"발드는 내일 나와 함께 홀튼과의 협상에 따라와라. 그러니 지 금부터 자둬."

"넵."

그렇게 말하고 큰 발소리를 내며 멀어져 간다. 문을 열고 닫는 소리가 뒤따른다.

"발드 형님은 이제부터 자는 검까. 부럽슴다~."

"제츠, 너 그 게일 형님을 따라서 가고 싶냐?"

"우와, 그건 거절임다요~. 게일 형님은 옆에 있는 것만으로도 무섭슴다."

"그렇지?"

그런 목소리가 난 뒤에 또 하나의 발소리가 멀어져 갔다.

문이 닫히는 소리가 난 뒤, 제츠라고 불린 남자가 중얼거리는 소리가 들렸다.

"하~아, 하다못해 앞으로 다섯 살 정도만 나이를 더 먹었으면, 다른 재미를 볼 텐데 말이야~."

"배부른 소리 하지 마. 뭐, 나도 그런 생각이 안 드는 건 아니지만 말이야."

"잠깐. 어쩜 가능할지도 모르잖아?"

"우와, 너 진심이냐? 미친 변태 새끼."

"말만 해 본 거라고. 누가 진짜로 하겠냐!"

"농담이라도 하지 마. 함부로 손댔다가 뒤지면 우리가 죽을 거야."

"캬하하하, 그건 그래! 묶어둬."

천박한 웃음이 방을 채운다. 신경에 거슬리는 그 목소리에 내 속에서 살의가 치솟는다. 이런 짜증은 생전에 폭주하기 전에 자주 느꼈다.

나는 여자아이의 신음을 들었다. 그리고 대화 중에 나왔던 홀튼의 이름.

무슨 운명의 장난인지, 아무래도 나는 마치스를 유괴한 녀석들의 근거지에 도달한 모양이다.

나는 사람들의 눈에 띄지 않는 장소를 골라 집으로 돌아가고 있었다. 즉, 나 말고도 사람들의 눈을 피하고 싶은 녀석들도 비슷한 장소에 모여든다는 뜻이기도 하다.

물론 우연의 요소는 크다. 내가 지나치던 순간에 마치스가 신음 소리를 내지 않았으면 그냥 지나치고 말았을 것이다.

그리고 지나친 것이 내가 아니었다면 애초에 남자들의 대화를 의심할 일도 없었을 것이다.

이제는 어떻게 할지가 문제다.

상식적으로 생각하면 코르티나에게든 맥스웰에게든 보고해 이른 아침부터 기습하게 해서 제압하면 된다.

하지만 어떻게 설명하지?

밤중에 누군지 모르는 소년을 지도해 주고 돌아오는 길에 발견했다고 솔직하게 보고할까? 그럴 수는 없다.

그럼 못 본 척할까? 하지만 마치스가 받는 취급을 봐서는 길게 방치해도 될 상황이 아니다.

그 남자―― 게일이라는 남자는 협상이 끝나면 마치스를 죽이겠다고 했다.

그리고 내일…… 이미 오늘이지만, 다시 홀튼 상회로 협상하러 간다고 말했다. 아침까지 기다려서 녀석들을 잡으러 가면 늦을지도 모른다.

"오늘은 추운데, 난로의 불이 꺼졌잖아~."

그 목소리에 황급히 나는 굴뚝을 타고 올라갔다. 이대로 있다가는 굴뚝 안에서 훈제가 되고 만다.

나는 굴뚝 속을 기어오르며 각오를 정했다.

"아무래도…… 오랜만에 암살자 레이드가 나설 차례가 왔을지도 모르겠군."

굴뚝에서 기어 나와, 나는 곧바로 행동에 나서기로 했다.

금이 간 잔에 있는 싸구려 술을 단숨에 들이켜고 제츠는 자리를 일어났다.

의자에 묶여 있는 홀튼 상회의 딸은 걷어차여 의자째로 바닥에 쓰러진 채 아직 정신을 차리지 못했다.

숨을 쉬는 것은 확인했으니까 살아는 있을 것이다.

"크론, 나는 잠깐 소변 좀 갈기고 오마."

"너무 퍼마시니까──."

"닥쳐!"

문을 열고 복도 끝에 있는 화장실로 향한다.

이 은신처의 화장실은 하수도로 이어진 수세식이 아니다. 구멍을 판 재래식이다. 임시로 은신처로 삼기 위해 사들인 낡아빠진

집이다. 그렇게 비싼 설비가 있을 리도 없다.

구멍투성이인 엉성한 문을 닫고 바지를 내려 구멍으로 졸졸 흘려보낸다.

"하~ 정말 야간 보초라니 운도 지지리도 없지."

투덜대고 목을 벅벅 긁는다. 무언가 벌레 같은 것이 있는 느낌이 들었기 때문이다.

이 재래식 화장실에서는 파리 같은 벌레가 자주 꼬여서 가려워도 이상하지 않다. 하지만 그것이 그의 목숨을 앗아가게 되었다.

갑자기 목에 느껴진 감촉이, 실체가 되어서 조이들기 시작했기 때문이다.

"어걱, 커헉?!"

그대로 맹렬한 힘으로 뒤로 끌려가 문에 처박힌다. 하지만 문은 꿈쩍도 하지 않고, 밖으로 열리는 방식임에도 열리지 않았다.

"어거거거걱——."

비명을 지르려고 해도 목이 졸리는 상태라서 신음밖에 흘러나오지 않는다.

게다가 그 힘은 전혀 줄어드는 일 없이, 가차 없이 목을 졸랐다.

목에 감긴 실—— 강사는 살을 파고들어 손가락을 넣을 틈조차 없다. 그대로 실은 문의 틈 사이에서 잡아당겨져……

"커——훅……."

마침내 제츠의 몸에서 힘이 축 빠졌다.

이미 사망했다. 그런데도 실은 계속 잡아당겨져, 이윽고 강사는 그 목을 잘라냈다.

통, 무거운 소리를 내고 구르는 머리가 그대로 변기통에 떨어져 사라진다. 잠시 후, 그 몸이 풀썩 쓰러졌다.

"우선은 한 명."

니콜…… 아니, 레이드는 나무에 매단 바위에 연결된 실을 풀었다.

강사를 바위와 연결해 도로에 있는 나무에 매달아 올려두었다. 그리고 실을 제츠의 등 뒤에서 목에 감고, 동시에 바위에 연결한 강사와도 묶는다.

그리고 바위를 떨어트리면 멋대로 제츠의 목을 조여 잘라낸다는 계획이었다.

밖으로 열리는 문은 제츠가 들어간 직후에 청소용 대걸레를 빗장처럼 걸어두어서 안쪽에서 열 수는 없다.

하지만 바위가 떨어진 소리가 밤중에 울려 퍼졌다. 그것은 이 집에 있는 다른 놈들의 귀에도 들어갔을 것이다.

반대로 말하자면, 상대를 이쪽이 의도한 방향으로 유도할 수 있다는 것이 된다.

"다음 표적은——."

그렇게 말하고 레이드는 복도 창문에서 밖으로 나가 다음 표적이 있는 곳으로 움직였다.

둘이서 감시하던 크론과 조이는 현관 쪽에서 무언가 무거운 것이 떨어지는 소리를 들었다.

트럼프 게임을 하던 두 사람은 손을 멈추고 서로 얼굴을 봤다.

"야, 무슨 소리가……."

"그래, 조이도 들었어?"

"제츠 녀석도 안 돌아오고 있잖아."

"무슨 일이 생겼다고 단정하기는 조금 이르지만…… 바깥을 보고 와. 돌아올 때 제츠도 확인해 주면 고맙고."

"어? 아아, 그렇지. 너는 이 계집년을 지키고 있어. 만약 탈환하러 온 녀석이라면——."

"그렇지. 여기로 올 게 분명하니까."

조이는 허리춤에 검을 끼고 현관으로 향했다. 어두컴컴한 복도를 걷고 현관문을 연다.

그 앞에는 어두운 도로밖에 안 보인다. 보이는 것은 마법석을 사용한 가로등뿐. 아니, 가로수 아래에 한 아름이나 되는 바위가 굴러다니고 있었다.

"뭐야, 저건……."

수상쩍은 바위를 조사하려고 현관에서 한 걸음 내디딘다. 그 발끝에 무언가가 스쳤다.

동시에 목에서도.

"엇?!"

작게 소리를 내고 다리를 빼려 한다. 하지만 그럴 수 없었다. 목과 다리가 동시에 묶이고, 다리가 강하게 뒤로 끌려서 앞으로 넘어진다.

하지만 목이 묶여서 완전히 넘어지지도 못하고 비스듬하게 매달린 상태로 고정되고 말았다.

"아극, 커흐, 가아——."

발버둥 치고, 어떻게든 목에 감긴 실을 풀어내려고 몸부림치는
조이.

하지만 다리가 뒤로 젖혀서 자세를 바로잡을 수가 없었다. 다리의
실과 목의 실은 건물의 2층 창틀을 통해 연결되어 있던 것이다.

즉, 이 다리를 잡아당기고 있는 것은 조이 자신의 체중. 자기 힘
으로 이것을 다시 일으키는 것은 어려울 것이다.

"커흑, 제, 젠장…… 어떻게든…….."

손과 무릎을 땅에 대 보려고 어떻게든 몸부림쳐 보지만, 그 움직
임에 맞춰 실이 조절되어 잘 움직이지 않는다.

그 결과, 실을 풀기 위해 필사적으로 발치로 손을 뻗는다.

그런 조이의 곁으로 다가오는 모습이 있었다.

검은 외투를 걸친, 작은 소녀. 그 얼굴은 검댕으로 검게 칠해져
있다. 하지만 은발만은 밤의 어둠 속에서도 빛나 보였다.

"사, 살려——."

구조를 요청하기 위해 손을 뻗는다. 하지만 소녀—— 레이드는
구해줄 마음이 조금도 없었다.

등에 지고 있던 카타나를 뽑아, 치켜든다. 그것이 조이가 마지
막으로 본 광경이 되었다.

자리에서 일어나, 경계를 풀지 않은 채로 크론은 조이가 돌아오
기를 기다리고 있었다.

아직 제츠도 돌아오지 않고 있다. 무슨 일이 생긴 것은 확실할 것이다.

"쳇, 어디에서 이 장소가 털린 거지? 아무튼 발드와 게일 형님에게──."

거기까지 말했을 때, 창밖에서 덜컹하는 소리가 났다.

"거기냐!"

경계하고 있던 크론에게는 그 소리가 확실히 들렸다.

순간적으로 검을 뽑아, 나무로 된 여닫이창 너머로 찔러 넣었다.

나무를 뚫는 감촉과 동시에 살을 꿰뚫는 느낌이 들었다. 추가로 뼈를 깎는 감촉까지 있었다.

이 느낌이라면 치명상이다. 크론은 그렇게 확신하고 씨익 웃었다.

"얼간이가. 그리 간단히 뒤를 잡을 수 있을 줄 알냐."

"그래? 간단히 잡았는데."

자신 말고는 기절한 소녀만 있어야 하는 방에서 높은 톤의 목소리가 울렸다.

그 목소리는 유괴한 소녀보다도 톤이 더 높고 아름다운 목소리였다.

그리고 크론의 가슴을 차가운 빛이 꿰뚫었다. 차가운 금속의, 냉혹한 감촉이 그 목숨을 빼앗는다.

"어, 어째서……."

"창밖은 네 동료였어."

헤엄치듯이 내민 손이 여닫이창을 살짝 밀어 연다. 그곳에는 2

층에서 매달린 조이의 시체가 늘어져 있었다.

"빌어, 먹을……."

매도의 말을 남기고, 크론의 전신에서 힘이 빠져 바닥에 쓰러진다. 움찔움찔 경련하고 있는 것은 치명상을 입었다는 증거다.

이렇게 되면 설령 마리아라도 회복은 불가능하다.

"이걸로 세 명. 두 사람 남았군."

남은 두 명은 자고 있을 터. 그 전에 이 방을 수색해 두는 것도 나쁘지 않다. 레이드는 그렇게 생각했다.

우선은 마치스의 상태를 봤다. 숨이 붙어 있기는 하지만 심각한 상태일 가능성도 있다.

자세히 보니 온몸이 다쳤지만 머리에는 큰 피해가 없다.

"간섭계에는 치유 마법이 별로 없단 말이지…… 주홍 하나, 군청 하나, 비취 하나, 이자에게 치유의 빛을──큐어 라이트."

간섭계란, 무기의 성능이나 육체의 성능에 간섭하는 전문 마법이다.

그러나 상처를 치료하는 것은 그 범주에 없다. 기껏해야 부러진 뼈나 어긋난 관절을 원래 위치로 돌리는 정도밖에 할 수 없다.

도수치료 정도의 효과밖에 없지만 그래도 아무것도 하지 않는 것보다는 낫다. 약간 진정된 호흡을 본 레이드는 안도의 숨을 흘렸다.

"빨리 마리아가 봐주지 않으면 위험할지도 모르겠는데…… 하지만 마치스를 옮기는 건 나중 일이야. 지금은 몸을 눕혀서 편하게 하는 정도로 참아달라고 해야지."

레이드는 마치스의 몸을 난로 근처에 눕히고 방구석에 있던 모포를 덮어 주었다. 이것으로 몸이 차가워지는 일은 없을 것이다.

이어서 옆에 있던 상자를 조사해 보니 안에서 반지와 스크롤, 단검이 한 자루 나왔다.

"나로서는 이게 뭔지 모르겠지만…… 아니, 스크롤은 알겠는데."

거기에 쓰여 있던 마법진에서 이그나이트(발화) 마법이라고 추측할 수 있었다.

아마도 트렌트 무리로 숨어들 때 비장의 수로 쓸 작정이었을 것이다. 트렌트는 건조한 수목의 모습인 만큼 불에 약하다.

그것을 본 레이드는 또다시 하나의 계책을 떠올렸다.

방을 탐색하고 나온 아이템은 세 가지.

마법이 걸린 단검과 반지. 그리고 이그나이트 마법이 걸린 스크롤.

목표인 여왕꽃의 씨앗은 발견되지 않았지만, 생각해 보면 경박해 보이는 부하들에게 그렇게 중요한 물건을 맡길 리도 없나.

그렇게 되면 게일이라는 남자가 남모르게 지니고 있을 가능성이 크다.

"흠, 그럼 자기 손으로 가져오게 할까."

나는 그렇게 판단하고 다시금 함정을 설치하러 다녔다. 전생에서 악덕 귀족들을 처단하고 돌아다녔기 때문에 이런 상황에서 행동하는 것에는 익숙해 있었다.

우선은 발드라고 불렸던 호위 남자. 발소리의 크기로 미루어 보아 체격은 좋을 것 같다. 따라서 나로는 실로 목을 조여서 해치울 수 없다. 제츠 때처럼 같은 잔꾀를 부린다면 모르겠지만, 그럴 여유는 없을지도 모른다.

덤으로 게일에게서 여왕꽃의 씨앗을 되찾아야만 한다.

"그렇다면——."

지금 수중에 있는 아이템을 보고, 나는 계획을 수립했다.

우선해야 하는 일. 그것은 마치스의 안전을 확보하는 것이다.

나머지 두 명의 방은 2층에 있었다. 나는 지붕에서 실을 써서 벽을 타고 창문에서 안을 들여다봐 위치를 확인한 상태다.

그대로 잠든 것을 습격해도 좋지 않겠느냐는 생각이 들기도 했지만 지금의 체격으로는 치명상을 입히는 것은 어렵다고 생각해 꾀를 부리기로 했다.

그러려면 한 명을 방에서 나오지 못하게 할 필요가 있었다. 방문에 강사를 감아 단단히 고정한다. 대걸레의 자루 같은 것도 사용해 강사로 고정해두었으니 그리 쉽게 부서지지는 않을 것이다.

이어서 마치스를 도로로 데려나와 사람의 눈에 띄는 장소에 방치한 다음, 몸이 식지 않도록 모포도 걸쳐준다.

사람의 눈에 띄는 장소라고 해도 지금은 심야. 소란스러워지기까지는 시간이 걸린다. 그동안 나는 다음 함정을 설치하고 다녔다.

아마도 체격이 좋은 쪽이 발드라고 불렸던 남자일 것이라고 짐작했다. 발드(추정)의 방 아래에는 마구간이 있고, 두 마리의 말과 마차가 있었다.

그리고 그 옆에는 여물 더미가 방치되어 있다. 발드의 방은 2층에 있고, 옆에는 또 한 명의 남자…… 아마도 게일이라고 불렸던 남자의 방도 있었다.

나는 그 구조를 보고 이곳에 함정을 설치해 두었다.

그리고 실내의 램프에서 기름을 뽑아 집 안에 뿌려 두었다. 이러면 불이 더 빠르게 번질 것이다.

마지막으로 발드의 방문에 인챈트를 해 더욱 강도를 높이면 끝이다.

나는 1층에서 이그나이트 스크롤을 사용해 집에 불을 붙였다. 스크롤은 펼치면 누구라도 그 효과를 발동시킬 수가 있다. 이 마법은 틴더(점화)와 달리 더 큰 물건에도 불을 붙일 수 있는 것이 특징이다.

나는 불타는 집 안에서 숨을 죽이고 그저 가만히 기다렸다.

"뭐야, 화재인가?! 젠장, 밑에 있는 놈들은 뭘 하고 있는 거야!"

이윽고 상황을 알아챈 것인지 발드의 방에서 고함치는 목소리가 터져 나오고, 문을 쿵쿵 두드리는 소리가 들려온다.

게일의 방에서도 희미하게 혀를 차는 소리가 들리고 부스럭부스럭 방을 뒤지는 소리가 들려왔다.

아마도 발드는 자신의 안전을 확보하기 위해 피신하려 하고, 게일은 여왕꽃의 씨앗을 확보하려 하고 있을 것이다.

"문이 열리지 않아! 이렇게 되면—— 창문으로!"

예상한 전개다. 발드는 창문을 열고 도로를 볼 것이다. 그때 방에서 데리고 나온 마치스의 모습이 눈에 들어올 터.

인질이 도로에 있고 은신처에는 불이 났다. 이 상황에서 녀석은 마치스가 은신처에 불을 질렀다고 판단하고 완전히 열이 올랐다.

"네 짓이냐!"

그리고 마치스를 붙잡으려고 창문에서 몸을 내밀고 소리쳤다. 노성이 울려 퍼지고, 뛰어내리려고 하다가——.

"커허억?!"

그리고 단말마가 들려왔다.

창밖에는 마구간과 여물 더미. 그야 물론 뛰어내릴 것이다. 쿠션의 역할을 해줄 여물 더미 위로.

거기까지 예측했으면 나머지는 창문과 여물 사이에 강사를 깔아두면 그만이다.

뛰어내린 기세로, 발드의 몸은 멋대로 두 조각이 나 줄 것이라는 계획이다. 화가 치민 머리로는 어둠 속에 설치된 강사가 눈에 들어올 리가 없다.

마찬가지로 창문에서 머리를 내민 게일은 그 시체를 보고 어떻게 생각할까?

그는 여왕꽃의 씨앗을 챙기려고 하니까 피신할 타이밍은 발드보다 늦어진다.

수상한 불길과 정신을 잃은 인질이 여봐란듯이 도로에 나와 있는 것을 볼 수 있을 것이다.

그리고 밑에는 두 동강이 나서 굴러다니는 발드의 시체.

이 상황에서 게일이 창문으로 뒤를 쫓을 가능성은 희박하다.

끼익, 작은 소리를 내며 문이 열린다.

게일의 방문은 잠기지 않았다. 열려고 하면 금방 열 수 있다.

그리고 게일도 침입자의 존재를 감지하고 있는 만큼 신중하게…… 천천히 방에서 나가려 한다. 그것은 나에게 가장 노리기 쉬운 순간이었다.

밖으로 열리는 문. 즉 경첩도 바깥쪽에 설치되어 있다. 그 문이 열린다는 것은 벽과 문 사이에 약간의 틈이 만들어진다는 의미이기도 하다.

그리고 천천히 빠져나오는 게일.

나는 그 순간을 노리고 문과 벽의 틈새로 강사를 날려 게일의 목에 감았다.

온 힘을 다해 잡아당겨 문의 틈에 게일을 고정한다. 그리고 문손잡이에 강사를 감아 도망치지 못하게 했다.

"크욱?!"

순간적으로 목과 강사 사이에 손가락을 끼워 목이 졸리지 않게 한 것은 대단하다. 하지만 어차피 내 힘으로 교살은 불가능하고 손가락을 잘라낼 수도 없다. 이것으로 치명상을 줄 수 없는 내 몸이 분할 따름이다.

아무튼 이 일격의 목적은 녀석을 그 자리에 고정하는 것.

이어서 나는 틈새로 카타나를 찔러넣었다. 높이는 녀석의 배보다도 살짝 위. 칼날을 밑으로 해서 온 힘을 다해 관통한다.

"가흑──누, 누구냐……!"

"암살자야. 미안하지만 돌려줘야겠어. 여러모로 말이지."

정체를 묻는 목소리를 날린 게일에게, 나는 성실하게 대답해 주었다.

그 목소리에 반응한 게일이 문 너머로 검을 꽂으려고 하지만……아쉽게도 그 공격도 예상하고 있었다.

벽 쪽에 몸을 붙이고 있던 나에게 그 일격은 닿지 않는다.

그대로 카타나에 체중을 실어, 천천히 칼날을 아래로 베어 내려간다.

"가아──크흐, 멈……."

"멈추지 않아. 저 아이도 그렇게 말했지만 멈추지 않았잖아?"

"그만해…… 주, 죽겠어……."

"원래부터 죽일 작정이다."

하지만, 게일의 목소리는 금방 들리지 않게 되었다.

마치스에게 고통을 준 보답으로 조금 더 천천히 죽여 줄 작정이었지만, 불길이 번지는 것이 예상보다 빨라서 연기에 휘말려 간단히 정신을 잃고 말았다. 내가 괜찮은 것은 퓨리파이를 쓴 머플러를 쓰고 있기 때문이다.

게일 몸에서 카타나를 뽑고 집 안에 설치된 강사를 회수해 둔다. 이것이 증거가 되어 내가 범인이라고 들키면 곤란하다.

그리고 게일의 품에서 여왕꽃의 씨앗을 회수해 두었다.

 이것으로 내 임무는 끝났다.

 불길이 치솟는 집 앞에 방치해 두었던 마치스에게 다가간 나는 그 무릎 위에 여왕꽃의 씨앗을 올려두었다.

 도시 안에서 화재가 났으니까 슬슬 소란이 날 것이다. 나는 그 전에 모습을 감춰야만 한다.

 "으……."

 "아, 정신이 들었어?"

 조금이라고 해도 내 마법으로 상처를 치료한 덕분인지, 마치스는 의식을 되찾았다.

 하지만 나도 얼굴을 검댕으로 더럽히고 머리를 머플러로 가렸으니까 언뜻 봐서 나라고 알아챌 수는 없을 것이다. 목소리도 되도록 낮게 발성하고 있어서, 중성적인 목소리로 들릴 것이다……. 아마도.

 "당신……은?"

 "구하러 왔어. 곧 있으면 사람들도 몰려들 거야. 너는 집으로 돌아갈 수 있어."

 "정말, 로?"

 "그래. 그 대신이라고 하면 그렇지만 이 주머니를 코르티나에게 전해 줘. 중요한 물건이니까."

 "코르……티나, 님?"

 "그래. 잘 부탁해."

마치스의 손에 여왕꽃의 씨앗이 담긴 주머니를 쥐여 주고, 나는 그 자리에서 벗어나려 했다.

지금의 마치스는 자기 힘으로 걸을 체력이 없다. 하지만 불이 났으니까 위사가 달려오는 것도 시간문제다.

안전은 확보되었다고 봐도 될 것이다.

발걸음을 돌린 그때, 나는 시야 끝에 빛나는 그림자를 볼 수 있었다. 순간적으로 강사를 날려, 그 빛으로부터 마치스를 보호한다.

"──누구냐!"

"피할 줄은 몰랐군."

마치 어둠에서 스며나오듯 나무 그늘에서 한 명의 남자가 나온다.

멀쑥하게 키가 큰 남자. 축 늘어진 팔에는 두 자루의 쇼트 소드. 전신이 검정 일색의 복장으로, 나와 비슷한 모습이다.

"한 번 더 묻지…… 아니, 필요 없나."

"그래?"

그야 그렇다.

생각해 보면 나는 홀튼 상회를 나왔을 때 시선을 느꼈었다. 즉, 그 자리에는 감시하고 있던 인간이 있었을 터다.

그리고 트렌트의 감시망을 파고든 도적은 은밀 기프트 보유자로 예상된다. 아마도 동일 인물일 것이다.

하지만 집 안에는 그런 능력자가 없었다.

모습을 감출 수 있는 능력자라면 홀튼 상회를 감시하고 있었을 것이다. 협상 전날에 은신처로 돌아와 있을 리가 없다.

게일도 집 안에 수상한 사람이 있다는 사실을 깨닫게 되면 먼저 기척을 지우고 탈출할 방법을 선택했을 것이다.

　그렇지 않았다는 것은 게일에게 그런 기술이 없었다는 뜻이다.

　즉, 적은 한 명 더 있었다는 말이다.

　그 녀석은 홀튼 상회를 감시하고 있었고, 이 화재를 보고 급하게 돌아왔다. 그리고 수상한 사람인 나와 목격자인 마치스를 처리하기 위해 모습을 드러냈다.

　"너지? 여왕꽃의 씨앗을 훔친 것은."

　"그래, 그것도 알고 있었나? 정답이다."

　천천히 검을 드는 남자. 나도 이 녀석도, 사람들 눈에 띄는 것을 두려워하고 있다.

　그렇다면 느긋하게 대화하고 있을 시간은 없다.

　"보아하니 아직 어린아이 같은데, 너 혼자서 한 것인가? 그렇다고 하면 대단하군. 어때, 나와 손을 잡지 않겠나?"

　"단호하게 거절하겠어!"

　나는 남자를 향해 실을 날렸다. 크게 세로로 휘두른, 참격의 특성을 지니게 한 공격.

　어둠 속에서는 이 공격을 눈으로 보기가 쉽지 않을 것이다. 하지만 남자는 이것을 어렵지 않게 피해 보였다.

　크게 뛰어 물러나 거리를 벌린다.

　나로서도 방금 공격에서 명중을 기대한 것은 아니다. 마치스에게서 멀리 떨어뜨리는 것이 목적이다.

　그나저나 밤중에 내 강사를 피할 수 있다면 어둠 속 전투에 어지간히 익숙한 것으로 보인다. 화재의 불빛이 있다고는 해도 눈으로 보기 어려웠을 텐데.

"실을 사용하는가. 중후한 능력이군!"

남자는 한마디 소리치고 다시 몸을 확 흔든다. 그리고 다음 순간에는 내 눈앞에 육박해 있었다.

"뭐야?!"

"쉿!"

마치 전이 마법처럼 남자의 위치가 바뀌었다. 독특한 간격을 보유한 남자에게 나는 순간적으로 좁혀진 거리를 벌리고자 물러났다.

왼손의 강사 두 개를 뒤쪽의 가로수로 날리고 강제로 잡아당겨 나는 그 자리에서 벗어났다. 그 직후, 내가 있던 공간을 남자의 쇼트 소드가 휩쓴다.

자세를 바로잡고 카타나를 겨누자 다시금 남자의 모습이 사라진다.

아마도 은밀 기프트. 그 능력은 숨는 데 특화되어 있지만 눈앞에서 주시받는 상태에서 사라질 수 있을 정도로 뛰어난 것은 아닐 것이다.

실제로 남자는 한순간 뒤에는 내 눈앞에 접근해 와 있었다.

작게 내쉬는 호흡. 이어서 다가오는 칼날. 나는 이것을 카타나로 받아내고, 피하고, 흘린다.

"싸움에 익숙하군, 꼬맹이가!"

"너야말로 기묘한 방식으로 기프트를 쓰는군."

나도 은밀 기프트가 있지만 이 남자 같은 방식으로 써 본 적은 없다.

이것은 어디까지나 기습용이자 정찰용인 능력이다. 그런데 이 남자는 전투용으로 승화시키고 있다.

눈앞에서 사라질 수는 없지만 한순간 인식에서 벗어날 수는 있다는 것인가. 그리고 그 한순간에 싸움의 흐름은 크게 바뀐다.

인식에서 잠깐 벗어난 사이에 거리를 좁히고, 벗어난다.

전투에서 간격이라는 것은 대단히 중요한 요소다. 그 주도권을, 남자는 비전투용인 은밀 기프트를 사용해 확실하게 잡고 있다. 같은 기프트를 쓰는 자로서 감탄을 금할 수가 없다.

나는 전투에 쓰기 좋은 실 조작 기프트가 있었던 덕분에, 그쪽을 단련하는 데 노력을 쏟았다.

그리고 기습이라는 스타일을 확립하고 나서는 정면에서 칼을 들고 맞설 기회도 현저하게 줄어든다.

이 남자는 은밀이라는 기프트만을 전투용으로 단련해 이런 스타일을 확립했을 것이다.

솔직히 나라도 이런 사용법은 시도할 생각도 하지 못했다. 이것은 정면에 적을 두고 실제로 쓰지 않으면 효과를 실감할 수 없는 사용법이다.

그리고 전투 중에 시험했다가 만약 실패할지도 모른다고 생각하면, 도저히 써 보고 싶은 생각이 들지 않는다.

"실력이 좋은데——아깝군."

"일대일로 아무리 강해 봤자지."

이 세계에서 이름을 떨치려면 전장에 나가서 강적을 쓰러트리거나 흉악한 몬스터를 사냥하는 수밖에 없다.

하지만 이 싸움법으로는 한 번에 다수를 상대하게 되는 전장에서는 도움이 되지 않고, 힘으로 밀어붙이는 몬스터 상대로도 불리할 수밖에 없을 것이다.

이 남자의 싸움법은 일대일 상황 한정으로 도움이 된다. 인간 한정으로, 결투 때만 쓸 수 없는 기술.

그렇기에 게일이라는 남자가 리더를 맡았던 것 같다.

"꼬마, 미안하지만 시간은 없어 보인다. 빨리빨리 죽어 줘!"

"이 나이에 또 죽을 마음은 없어."

말을 나누고 다시 칼을 부딪친다.

주위의 떠들썩함은 슬슬 한계에 가깝다. 앞으로 몇 분만 있으면 우리의 모습은 사람들에게 목격되고 말 것이다.

나는 칼을 맞부딪치는 도중에 미묘하게 위치를 옮기고, 타이밍을 노려서 단숨에 어둠 속으로 뛰어들었다. 남자도 마치스를 방치하고 나를 좇아온다.

"역시나."

남자는 항상 홀튼 상회를 감시하고 있었다. 그렇다면 마치스가 얼굴을 목격했을 가능성은 없다.

처리해야 할 우선순위에서 나를 상위로 둔다고 해도 이상하지는 않다.

그리하여 나는 마치스의 안전을 확보하고, 싸우는 장소를 옮기는 데 성공했다.

어둠 속에서 나와 남자의 검이 교차한다.

충돌하고는 위치를 바꾸고, 더욱 사람의 눈이 적은 장소로 이동해 간다. 그렇게 함으로써 마치스와 거리를 두고 그와 동시에 마음껏 싸울 수 있는 장소로 유도하고 있다.

그 의도는 남자도 이해하는지 굳이 싸우는 장소를 되돌리려 하지 않았다.

"괜찮겠나? 그 아이를 내버려둬도."

나는 달리면서 그렇게 남자에게 물어봤다.

남자에게 마치스의 존재 자체는 그다지 큰 비중을 차지하지 않게 되었다. 이렇게 된 이상 홀튼 상회와 협상을 계속하는 것은 어렵기 때문이다.

하지만 돈줄인 여왕꽃의 씨앗은 아직 있다. 그것은 마치스의 수중에 있고, 남자는 내가 그것을 넘겨주는 장면도 봤을 것이다.

그런데도 남자는 나를 없애는 것을 우선했다. 남자는 나의 물음에 음흉한 웃음을 씨익 지었다.

"상관없어. 내 본업은 원래부터 훔치는 것이니까. 설령 위사가 회수한다고 해도 너를 처리한 뒤에 초소에서 다시 훔치면 그만이다."

"초소로 가져간다는 보장은 없어. 이 도시에는 훨씬 골치 아픈 장소도 있거든."

예를 들면 맥스웰의 보물창고 같은 곳 말이지. 그 녀석, 취미를 잔뜩 살려서 마법 기술로 방범 마법을 있는 대로 설치했다.

그걸 내가 어떻게 아냐고? 그 답은…… 방범 테스트의 침입자 역할로 협력했던 적이 있었기 때문이다.

그때는 정말 죽는 줄 알았다. 그곳에 보관된다면 은밀 기프트 정도로는 잠입할 수 없을 것이다.

"육영웅 말인가? 그야 당연히 꼬리를 말고 도망쳐야겠지. 확실히 여왕꽃의 씨앗이 주는 보상은 크지만, 나라를 통째로 날려 버릴 괴물을 상대할 정도의 가치는 없어."

이해득실에도 밝다. 게일은 어떨지 모르겠지만 그 부하보다는 훨씬 머리가 좋아 보인다.

애초에 비전투용 기프트로 그런 싸움법을 만들어냈으니 머리가 나쁠 리가 없다.

그런 대화 중에도 남자의 위치가 미묘하게 바뀐다. 또 은밀을 썼을 것이다.

은밀 기프트는 그 기척을 완전히 차단하고 만다. 하지만 눈앞에 있는데 사라질 정도로 강력한 기프트는 아니다.

눈앞에 있으면서 기척이 사라지고, 눈에 보이는 존재를 재인식할 때까지의 아주 짧은 인식 저하. 이것을 싸움 중에 효과적으로 이용하고 있다.

"치잇!"

남자가 미묘하게 위치를 옮긴 것으로 내 강사가 허공을 가른다.

나는 거의 항상 오른팔과 양쪽 다리의 강화에 털실을 하나씩 사용하고 있다. 자유롭게 쓸 수 있는 나머지 강사는 두 개뿐이다.

그것도 간섭계 인챈트 효과 시간이라는 제약이 있다.

단기 결전을 의도했지만 예상보다 싸움이 길어져서 내가 압도적으로 불리하다.

"그 실, 귀찮군. 쉽게 다가가게 해 주지를 않아."

"이쪽은 연약한 소녀라고. 너 같은 변태가 다가오게 할 것 같아."

"하, 이렇게까지 암살술이 뛰어난 소녀는 살면서 본 적이 없어."

"있잖아, 눈앞에!"

남자도 양손의 검을 능숙하게 다뤄 끊임없이 공격을 가해 온다.

내가 공격에 쓸 수 있는 것은 나머지 두 개의 강사와 오른손에 있는 카타나.

공격 수단은 거의 호각이거나 이쪽이 살짝 유리한 정도.

하지만 일격의 무거움에 압도적인 차이가 있고, 카타나로 공격을 받아낼 때마다 내 몸은 허공에 뜬다. 이것은 남자의 힘이 강하다기보다 내가 너무 가벼운 탓일 것이다.

이렇게 공격을 가하고, 받고, 피하며 나는 목적하던 장소에 도착했다.

그곳은 매일 밤 훈련소로 사용하고 있는 저목장이었다.

이곳이라면 어디에 무엇이 있는지 전부 파악하고 있다. 하지만 여기까지 이미 2분에 가까운 시간을 낭비하고 말았다. 남은 시간은 기껏해야 1분 정도다.

"마침내 도착했나……. 잘 왔다, 내 전장에."

"흥, 애들 놀이터에는 흥미 없어!"

남자는 그렇게 내뱉고 이쪽으로 접근한다.

깎아내리면서도 목재가 오른쪽에 오게 위치를 잡고 움직인다는 점에서 실로 빈틈이 없다.

측면에 벽을 세우는 것으로, 수평 방향으로 휩쓰는 강사의 공격을 막겠다는 의도다.

강사를 채찍 형태로 사용하는 나에게 이 장소는 불리하게 보이기 쉽지만, 의외로 그렇지 않다.

내 강사는 공격보다도 함정에서 다채로운 효과를 발휘하기 때문이다. 그리고 장애물이 많은 이 장소는 나에게 절호의 사냥터로 변한다.

팔을 한 번 휘둘러 남자가 벽으로 삼고 있는 목재에 강사를 맞춘다. 물론 이것으로 피해를 주는 것은 불가능에 가깝다.

하지만 강사를 맞고 목재의 표면이 크게 깎여, 나무 부스러기가 남자의 정면으로 날아간다. 이쪽으로 다가오는 기세를 줄이지 못하는 남자에게 이것을 막을 수단은 없었다.

"큭, 시각을 봉쇄하려는 건가."

"모래와 달리 가벼우니까 말이지. 상당히 오래 날아다녀 준다고."

물론 모래도 미세한 것이라면 장시간 허공에 체류한다. 하지만 같은 크기라면 질량이 가벼운 나무 부스러기 쪽이 흩날리기 쉬운 것도 사실.

그대로 나는 또 하나의 강사로 남자를 공격하지만, 이것은 남자가 간신히 회피했다. 하지만 시야를 빼앗긴 남자는 크게 자세가 무너져 있었다.

나는 이 기회에 성년으로 돌격해 카타나를 내리쳤다. 그러니 이것 또한 남자가 이쪽으로 뛰어드는 바람에 막히고 말았다.

물러나지 않고 오히려 앞으로 뛰쳐나오는 것으로, 내 공격 범위보다 더 안쪽으로 파고든 것이다.

카타나도 강사도 공격 범위로 말하자면 상당히 길다. 특히 내 신체에 비해서 카타나는 양손검에 필적할 정도의 길이가 있다.

거의 태클 같은 형태로 안기게 되어서는 공격할 방법이 없다.

애초에 나는 어른 남자를 붙잡고 서 있을 만큼의 근력도 없다. 그대로 바닥으로 밀려 쓰러져 마운트 포지션을 잡히고 말았다. 이 거리라면 남자의 쇼트 소드 쪽이 공격에 유리하다.

나를 올라타면서 남자는 검을 치켜들어, 내 머리를 노리고 쇼트 소드를 내질렀다.

그러나 양손으로 쥔 검으로 공격한다는 것은 내 몸이 단단히 고정되지 않는다는 뜻이기도 하다.

나는 왼손의 강사를 사용해 남자의 가랑이에서 뽑아내는 것처럼 몸을 잡아당겨 다시금 거리를 벌렸다.

"이 꼬맹이…… 어린아이인가 싶었더니 묘하게 싸움에 익숙하군. 사실은 소인족인가?"

"아쉽지만, 진짜로 일곱 살 먹은 아이야."

실로 팔다리의 근력을 강화하고 있다고는 해도 원래의 연약함을 완전히 보충할 정도는 아니다.

그래도 대등하게 싸울 수 있는 것은 지난 생의 전투 경험이 있기 때문이다. 그것도 제한시간이 있어서 수십 초 정도밖에 남지 않았다. 이쯤에서 승부를 내지 못하면 내가 위험해질 것이다.

거리를 벌렸다고는 해도 나에게 눈싸움할 여유는 없다.

남은 시간은 얼마 되지 않으니까 적극적으로 공세에 나서지 않으면 제한시간이 끝난다. 다행히 남자의 오른쪽 눈은 아직 시력이 돌아오지 않아서 그쪽 사각을 파고들기로 했다.

남자의 오른쪽은 목재에 의해 가로막혀 있다. 하지만 그런 공간에서도 내 강사는 공격할 수 있다.

채찍처럼 휘어지게 해서 검으로는 불가능한 유연성을 발휘하고, 좁은 공간에서 참격을 날린다.

그저 수평으로 훑는 공격이 아니다. 창 같은 공격. 물론, 창 같은 관통력은 없다. 그래도 피부를 가르고 살을 뚫을 정도의 위력은 있다.

하지만 남자도 그 공격을 예측했는지 몸을 숙여서 피했다.

강사의 참격은 빗나갔을 때 회수하는 데 시간이 걸린다.

이 공격이 빗나가면서 남자는 나에게 빈틈이 생겼다고 본 것인지, 다시금 태클을 시도했다.

체중이 가벼운 나는, 어른에게 밀리면 간단히 나자빠지고 만다. 그 약점을 찌르겠다는 생각일 것이다.

하지만 아쉽게도 나도 상대가 그렇게 움직일 것은 예상했다. 남은 강사는 하나 더 있다. 위쪽에서 강사를 떨어트려, 남자를 양단하려고 시도한다.

그러나 이것도 남자에게 명중하는 일이 없었다.

녀석은 태클 도중에 쇼트 소드를 바닥에 꽂아 급격하게 방향을

틀렸나.

 벽으로 삼고 있던 목재에서 크게 벗어나 넓은 공간에 몸을 드러낸다. 그곳은 상하좌우, 어디에서라도 강사의 공격을 받을 수 있는 위험지대이기도 하다. 하지만 내 강사는 빗나간 뒤라서 추격할 여유가 없다.

 그리고 남자는 또다시 내게 돌진했다.

 쌍방의 위치가 바뀌어 지금 내 뒤에는 목재 더미가 있다. 그리고 가벼운 내 몸으로 목재에 처박혔다가는 정신을 잃을 수 있다.

 ——도둑이 본업이라고? 농담이겠지, 무시무시할 정도로 싸움에 익숙하잖아.

 속으로 남자에게 불평을 내뱉고 동시에 감탄한다.

 이 남자는 나 같은 어린아이를 상대로도 방심하지 않는다. 항상 최적의 답을 도출해, 내가 싫어할 행동을 취한다.

 아마 이 남자도 약간의 실수로 목숨을 잃는 생활을 했을 것이다. 그렇기에 방심하지 않는다. 설령 어린아이가 상대라 하더라도.

 등 뒤에 퇴로가 없다면 앞으로 나갈 수밖에 없다.

 나는 그렇게 각오하고 카타나를 내밀어 맞선다. 정면에 칼날이 있다면 남자도 태클을 할 수 없다. 이 찌르기를 피하거나 받아내거나 하지 않으면 치명상을 입는다.

 예상대로 남자는 쇼트 소드를 옆으로 휘둘러 내 카타나를 튕겨낸다.

원래의 근력 차이 때문에 내 카타나는 우스울 정도로 간단히 허공을 날았다.

그리고 남자가 나머지 쇼트 소드로 찌르기 공격을 날린다.

내 카타나는 이미 없고, 강사는 두 개 모두 준비가 안 된 상태라 사용 불가. 등 뒤에는 목재의 벽이 있고, 앞으로 체중을 실어 찌르기를 날렸기 때문에 좌우로 움직이는 것도 쉽지 않다.

완전히 외통수. 남자는 그렇게 판단하고 일그러진 웃음을 지었다.

하지만──그것은 방심이다.

지금까지도 몇 번이나 칼을 맞부딪쳤지만, 카타나는 날아가지 않았다.

내가 그럴 마음만 먹으면 실로 칼자루를 손에 묶어둘 수도 있다. 이 남자의 공격 정도로 무기가 날아가는 일이 생길 리가 없다.

그 점까지 생각하지 못한 것이, 이 남자의 실수다.

나는 왼손을 곧바로 허리 뒤로 돌려 그곳에 끼워두었던 단검을 뽑았다. 이것은 이놈들의 은신처에서 챙긴 물건이다.

마법 아이템이라는 것밖에 몰라서 어떤 마법이 실렸는지도 확실하지 않다.

그래도 단검인 이상 베는 것은 가능하다.

한순간만 나도 은밀 기프트를 발동한다. 지금까지 나는 이 능력을 발휘하지 않아서 남자는 완전히 허를 찔렸다.

남자는 눈앞에 있을 터인 나를 순간적으로 놓치고는, 다시금 인식한다.

그 순간에는 나는 밀착할 정도로 접근해서 남자의 왼손을 붙잡고 있었다.

무기를 든 손이 실로 보강한 팔에 막히면서 남자는 공격을 저지당한다. 그리고 나는 단검을 힘껏 남자의 배에 꽂았다.

"크흑?!"

억눌린 비명이 흘러나오고, 남자의 움직임은 멈췄다.

배꼽의 조금 아래, 살짝 왼쪽…… 남자에게 있어 오른쪽 옆구리. 그곳은 간이 있는 위치이기도 하다.

나는 마무리로 단검을 비틀어 상처를 후벼 회복할 수 없는 상처를 입혔다. 이것으로 고위 치유 마법을 사용하지 않는 한 살아남을 수 없을 것이다.

남자는 대량으로 피를 토해서 내 어깨를 붉게 물들였다.

"끝이다."

"설, 마…… 이런 꼬맹이에게 질, 줄…… 이야."

"실력이 좋았어, 너는."

나에게 몸을 슥 기대는 남자. 그 몸을 눕히고 나는 말을 걸었다.

물론 이만한 실력자다. 어떤 수를 남기고 있을지 방심할 수는 없다. 나는 반격을 대비하면서 마지막 말을 들었다.

"이 상처로는, 살 수 없, 나…… 마지막이다, 얼굴을…… 보여, 라."

남자의 요청에 나는 머리카락과 입가, 그리고 얼굴의 절반을 가리고 있던 머플러를 걷어 맨얼굴을 드러냈다.

검댕으로 더러워진 얼굴과 밤바람에 나부끼는 긴 청은색 머리카락. 그리고 색이 다른, 붉은색과 푸른색 눈동자.

"뭐, 야. 정말로 꼬맹이…… 잖아. 이름…… 은?"

"레이드다."

"여섯, 영웅과…… 같은, 이름인가."

"본인이야. 전생의 마법으로 다시 태어났어. 여자가 되고 말았지만 말이지."

"하, 하하하…… 하하하하하! 정말이냐! 마지막의 마지막에, 대박 사냥감을── 놓치고, 말았잖아…… ."

마지막 힘을 쥐어짜 남자는 큰 웃음을 터트린다. 침과 피를 흩뿌리며, 눈에 핏발을 세우고.

그리고 마지막까지 웃은 뒤, 이윽고 경련하는 듯한 움직임을 보이고, 숨이 끊겼다.

남자의 심장이 완전히 멈춘 것을 확인하고 나는 일어났다.

"뭐, 너도 참 성가신 적이었어."

남자의 시체를 내려다보며 나는 나직이 그렇게 중얼거렸다.

땅에 쓰러진 남자의 옆에서 숨을 내쉬며 조금 기분을 진정시킨 뒤, 나는 주먹을 살며시 쥐고 단련의 성과를 실감했다.

이 여린 몸으로, 성인 남성과── 그것도 상당한 실력자와 맞서 싸울 수 있었다. 게다가 체중에 의지한 태클은 그렇다 치고, 검이

부딪히는 위력에서 밀리는 일 없이 말이다.

즉, 실을 사용한 신체 강화라면 충분한 전력 향상을 노릴 수 있다고 증명한 셈이다.

"그래도 3분 내내 쓰면 몸이 버티질 못하는데……."

지금도 신체 곳곳, 특히 어깨와 무릎에서 지끈지끈한 통증이 느껴지고 있다.

이 상태로는 전투 중에 마법을 다시 걸어서 효과를 연장하면 며칠은 움직일 수 없게 될 것이다.

"뭐, 그 부분은 차차 수정해 나가기로 하고, 지금은 어쨌든 이 자리를 벗어나야지……."

누가 봐도 수상한 행색을 한 어린아이가, 누가 봐도 수상한 남자를, 누가 봐도 찔러 죽인 상황.

이런 모습을 남들에게 보였다가는 아무리 내가 어린아이의 모습이라고 해도 틀림없이 감옥에서 며칠을 보내야 할 것이다.

아무리 마치스가 증언해 준다고 하더라도 밤중에 돌아다녔다는 사실이 들키는 것은 앞날을 위해서라도 그다지 좋지 않다.

머플러를 사용해 얼굴을 닦아 더러워진 것을 지운 뒤 유괴범의 은신처로 돌아가 봤다.

부자연스럽게 더러워진 얼굴을 닦고 눈에 띄는 머리칼을 숨기면 흔히 있는 지저분한 어린아이로 보이게 될 것이다.

이미 은신처 주변에는 사람들이 모여 있었고, 마치스의 주위에는 위사가 모여 응급치료를 하고 있었다.

그것을 본 나는 안도의 숨을 흘리고 몰래 그 자리를 벗어났다.

이것으로 마치스의 안전은 확보되었을 것이다.

　이 뒤에 위사를 거쳐 맥스웰이나 코르티나에게 여왕꽃의 씨앗이 전해질 것이다.

　나는 은밀 기프트를 활용하면서 코르티나의 집으로 돌아가 방으로 숨어들었다.

　그리고 물병에 있는 물을 이용해 수건을 적셔 더러워진 몸을 정성껏 닦았다.

　아무리 그래도 초여름도 되지 않은 이 시기에 옷을 벗고 온몸을 닦으면 몹시 춥지만, 이렇게라도 하지 않으면 땀 냄새가 나고 말 것이다.

　안 그래도 어린아이의 몸으로 밤늦게까지 활동해서 몸에 주는 부담이 너무 크다. 질이 높은 수면은 확보해 두고 싶다.

　더러워진 수건과 머플러, 피투성이가 된 옷은 다음 날에 세탁한다고 치고…… 아니, 아예 처분하고 같은 옷을 몰래 사자…….

　"아 몰라. 다음 주에 학원에서 빨자."

　다른 학생에게 주목받는 몸이라 그다지 수상한 짓은 하고 싶지 않지만, 그 정도는 상관없을 것이다.

　나는 더러워진 수건을 체육복을 넣는 주머니에 감추고는 파자마로 갈아입고 잠자리로 들어갔다.

　다음 날 아침, 내가 눈을 뜨고 식당으로 향하자 이미 코르티나의 모습은 보이지 않았다.

아니 그보다 시간상 이미 점심에 가까웠기 때문에 너무 늦잠을 자고 만 모양이다. 나는 식사 준비를 해 주는 피니아에게 인사했다.

"잘 잤어, 피니아?"

"안녕히 주무셨어요, 니콜 님. 오늘은 굉장히 늦으셨네요?"

"응. 조금 밤에 늦게 자고 말았어."

나는 그렇게 피니아에게 말했더니, 내 발언을 뭔가 착각한 모양이었다.

입가에 손을 가져가 뭔가 의미심장한── 조금은 음흉한 웃음을 지어 보인다. '우푸푸' 하는 웃음소리까지 들려올 것만 같은 표정이다.

그런 동작을 하면서도 일하는 손은 멈추지 않는다. 빠르게 샐러드와 토스트를 테이블 위로 옮기고 햄에그도 준비해 주었다.

"그러고 보니까 그저께, 라이엘 님의 활약을 직접 보셨다고요. 흥분해서 잠들지 못하는 것도 무리가 아니네요."

"절대로, 저~얼대로 아니거든!"

피니아의 터무니없는 착각에 나는 고개를 팩 돌리고 이의를 표명했다.

하지만 그것이 다른 착각을 불러일으킨 모양이다.

"라이엘 님은 멋있으니까 말이죠. 니콜 님도 아버님의 활약을 직접 보시고, 다시 보게 되셨죠?"

"으, 레이드가 더 멋지거든."

"그건 동의하지만요!"

피니아는 내 반론에 곧장 동의해 주었다.

쑥쓰럽게도 피니아의 최고는 여전히 나였다. 아마도 과거를 성대하게 미화한 결과이겠지만, 어쨌든 좋게 평가해 주는 것은 고맙다.

"코르티나는?"

"듣자니 어젯밤에 화재가 있었다고 해요. 그곳이 실은 유괴범의 은신처라, 유괴되었던 마치스 님이 발견되셨다고 해요."

"그렇구나. 다행이야."

"게다가 숲에서 도둑맞았던 여왕꽃의 씨앗도 함께 찾았다느니 뭐니 해서, 맥스웰 님과 코르티나 님이 아침부터 엄청 바쁘셨어요."

"와~ 그러면 꿀을 받을 수 있겠네."

"예, 이것으로 니콜 님도 건강해지시겠네요!"

"나는 항상 건강했는데……."

오히려 다른 아이에 비해 과할 정도로 몸을 단련하고 있다고 해도 좋다.

그 성과가 따르지 않는 것이 문제일 뿐이다.

하지만 그것도 여기까지. 내 체력을 크게 깎아냈던 원흉인 마력 축소증만 완치되면 단련의 성과가 정상적으로 반영될 것이다.

"호호."

"기뻐 보이시네요, 니콜 님."

"병이 낫는다고 하니까, 조금은 말이야."

아침 겸 점심을 먹어치우고, 식후의 핫밀크 컵을 양손으로 들어

입가로 가져간다.

아주 약간 설탕의 단맛이 느껴지는 부분이 세심한 배려가 느껴진다. 은은한 단맛이 몸에 스며드는 것처럼 느껴져 기분 좋다.

그런 점심 전의 온화한 시간도 여기까지였다. 와글와글 소란스럽게 현관이 열리는가 싶었더니, 코르티나와 맥스웰이 돌아온 것이었다.

"다녀왔어~. 아~ 지쳤어. 피니아, 차 좀 주겠어?"

"나는 커피로. 진하게 부탁하마."

"예, 바로 준비해드릴게요."

코르티나는 모르겠지만 맥스웰 네놈은 사양할 줄 좀 알아. 웃는 얼굴로 차와 커피를 준비하는 피니아의 착한 심성에 어이없어하면서도, 나는 마음속으로 악담을 퍼부었다.

그런 내 마음도 모르고 맥스웰은 분위기 파악도 하지 않고 이야기를 이어갔다.

"그래서 니콜. 이야기는 들었느냐?"

"피니아에게 대충은."

"그거 잘 됐구나. 다시 설명하는 것도 귀찮으니 말이다. 그런 이유로 낮에 여왕꽃에게 갈 터이니, 준비해두거라."

"알았어. 미셸과 레티나는?"

"아아, 연락하지 않으면 나중에 원망하겠구나. 그쪽은 니콜에게 맡기도록 하마."

"응, 연락할게."

솔직히 말하자면 온화하다고는 해도 몬스터를 찾아가는 것이니

데려가고 싶지 않다.

　하지만 나는 맥스웰과 달리 항상 함께하는 동급생이다. 얼굴을 마주칠 때마다 원망하는 말을 듣는 것은 사양하고 싶다.

　"그러면 나는 미쉘과 레티나에게 연락하고 올게."

　"예, 조심하세요."

　폴짝 의자에서 뛰어내려——다리가 땅에 닿지 않는다——옷을 갈아입고는 현관을 뛰쳐나갔다.

　등 뒤에서 훈훈한 시선이 세 개 정도 느껴진 것 같지만 지금은 신경 쓰지 않기로 했다.

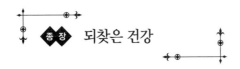

종장 되찾은 건강

　점심이 지나 라이엘과 마리아도 맥스웰의 저택에서 합류했다.

　미쉘과 레티나도 함께 왔다. 유괴범이 붙잡힌 다음 날이라 그들이 마중을 간 것이다.

　"덕분에 마마가 또 졸도해 버렸어요."

　"그럴 만도 하지."

　세계를 구한 영웅이 아이를 마중하러 나오다니 보통은 감히 생각할 수 없는 사태. 하물며 평소 레티나는 주눅이 들지 않는다. 자기 딸이 뭔가 잘못을 저지르지 않았나 걱정하는 것도 무리는 아니다.

　"게다가 기절한 마마를 마리아 님이 어웨이크(각성) 마법을 써서 강제로 깨웠더니, 또 기절해 버렸어요."

　"어웨이크 마법인가~. 눈앞에서 기절하면, 그야 쓰겠지."

　"세 번 정도 그걸 반복했어요."

　"도중에 포기해."

　뭐, 그렇게 고지식한 면이 마리아답다.

　"어, 어쨌든, 출발 전에 조금 문제가 있었지만, 일단 문제없다는 것으로."

"마마…… 무마해도 이미 늦은 건 사실이니까."

"으으, 미안해요."

코르티나의 지적에 풀이 죽어 고개를 떨구는 마리아를 보는 것은 실로 드문 일이다.

잠시 뒤에 트리시아 보건의도 와서 우리는 다시금 노르드 산으로 출발하게 되었다.

머플러를 입가에 대고 노르드 산을 오른다. 딱히 목적지는 없이 그저 정상을 목표로 향한다. 어느 정도 오른 지점에서 그쪽에서 우리를 발견해 줄 테니 찾을 필요가 없는 것이다.

"아, 왔다."

나는 짐수레 위에서 나지막하게 중얼거렸다. 뿌연 시야 저편에서 꿈틀거리는 그림자가 슬쩍 보였기 때문이다.

"또 니콜이 가장 빨랐나. 정말 빨리 발견하네."

"나도 경계하고 있었는데, 자신감이 사라지는데~."

"당신은 대충 보잖아요. 하지만 나도 알아채지 못했네."

"너희는 전부 꼼꼼하지 못했을 텐데……. 나는 가들스다! 요망하던 물품을 갖고 왔다고 여왕꽃에게 전해라!"

가들스의 큰 목소리에 이쪽을 포위하기 위해 움직이던 트렌트들이, 바스락바스락 소리를 내며 물러간다.

잠시 뒤에 들어본 적 있는 어린 목소리가 이쪽을 마중해 주었다.

"벌써 돌아왔나. 씨앗은 찾아낸 것이냐?"

멀찍이서 이쪽을 바라보는 트렌트들을 가르며 거대한 꽃을 피우고, 그 중앙에 어린 소녀가 자리 잡은 트렌트── 여왕꽃이 모습을 드러낸다.

그 목소리는 전혀 이쪽의 성과를 기대하고 있지 않은 기색이었지만, 그 예상은 맞아떨어지지 않는다.

"그래, 자 여기 있어."

"뭣이라?! 설마 정말로 고작 이틀 만에 찾아냈다는 것이냐?"

씨앗을 맡고 있던 라이엘이 조금 떨어진 장소에 주머니를 놓고, 그것을 트렌트가 회수해 간다. 그 주머니를 받아든 여왕꽃은 서둘러 안을 확인하고, 수를 헤아리기 시작했다.

그러고 보니까 도둑맞은 수까지는 체크하지 않았었네.

"하나, 둘…… 흠, 확실히 전부 있구나."

"그거 다행이야."

"그렇다 해도 고작 이틀이라니…… 어떻게 찾아낸 것이더냐?"

"그것이 말이지~…… 그 녀석을 팔려고 온 도둑놈들이 숨어 있던 집에서 화재가 나서 말이지. 게다가 우리가 달려가기 전에 누군가에게 습격받은 모양이야."

"누군가라니, 누구더냐?"

유괴범들은 내가 전부 살해했다. 라이엘이 그 사실을 알고 있는 것은, 마치스가 내 모습을 목격했기 때문일 것이다.

애초에 그때 나는 얼굴을 검댕으로 더럽힌 뒤 머리카락도 머플러로 감추고, 특징이 있는 오른쪽 붉은 눈도 가렸기 때문에 나라고는 알아채지 못할 것이다.

"검은 옷에 검은 얼굴을 한 소인족. 목격자의 정보에 따르면 그것밖에 몰라. 아, 그리고 어마어마한 힘의 소유자였지. 사람의 몸이 이곳저곳에서 두 동강이 나 있었어."

그것은 내 힘으로 해낸 것이 아니라 녀석들 자신의 몸무게나 바위의 무게를 이용한 결과였지만, 그것을 보고 착각해 주었다면 나로서도 좋은 일이다.

힘이 약하기 그지없는 나라는 인식이 '범인은 나'라는 수사의 실을 잘라내 버리기 때문이다.

"흐음~ 그자는 눈앞에 있는 씨앗을 발견하지 못했던 것이더냐. 그것은 행운이로구나."

"아니, 확실하게 발견했던 모양이야. 유괴되었던 아이에게 이 씨앗을 맡겼다고 해. 아마도 이쪽의 사정을 알고 있는 자가 한 일이겠지."

"짚이는 바가 있더냐?"

"생각해 봤지만…… 없는데. 아니, 어쩌면——?"

"있느냐?"

"아니, 역시 없어."

라이엘은 무언가를 생각했던 모양이지만, 한 번 더 고개를 저으며 부정했다. 이 녀석이 뭘 짐작했는지는 알 수 없지만, 지금은 그것이 문제가 아니다.

"그것보다——."

"아아, 교환 조건 말이로구나. 잠시 기다리도록 하여라."

그렇게 말하고 여왕꽃은 트렌트에게 조잡하게 만든 나무통을 가져오게 시키고, 그것을 자신에게 달린 꽃잎 중앙에 푹 담갔다.

잠시 기다리자, 다시 들어 올린 나무통에는 꿀이 듬뿍 있었다. 강한 꽃향기가 이쪽에 전해질 정도로 진한 향기를 내뿜고 있다.

"이것이, 여왕꽃의……?"

"그러하다. 씨앗이 싹트면 알라우네가 되어 그 꿀을 마시고 자라게 된다. 나의 힘을 농축한 것이기도 한…… 귀중한 물건이로다."

"그래, 알고 있어. 이것으로 이 아이도 살 수 있겠네. 협력해 줘서 고마워."

"괜찮다. 도움을 받은 것은 오히려 이쪽이다. 이 인연을 만들어 준 세계수에 감사를."

"좋아, 그럼 드디어 내 차례네!"

꿀을 받고 감사의 뜻을 주고받는 라이엘과 여왕꽃의 분위기를 깨듯이 트리시아 보건의가 팔을 걷어붙였다.

여왕꽃의 꿀은 꽃에서 채취한 직후부터 약효 성분이 기화된다고 한다. 그 자리에서 약으로 가공해 보존할 수 있도록 하지 않으면 그저 맛있기만 한 꿀이 된다.

아쉽지만 그 말대로 지금부터 트리시아 보건의가 나설 차례인 셈이다.

여왕꽃의 눈앞에서 트리시아 보건의의 조제 작업이 시작되었다.

하지만 그다지 대단한 일을 하는 것은 아니다. 씨앗과 달리 꿀은 그대로 약효를 체내에 흡수할 수가 있다. 문제는 꿀을 방치하면 약효가 쭉쭉 공기에 녹아서 약해지는 것이다.

"그래서 약효를 꿀에 가두기 위해 다른 약제를 섞어 보존할 수 있도록 하는 것이 목적인데…… 이렇게 많을 줄은 미처 몰랐어."

우리에게 설명하며 챙겨온 약상자에서 작은 병을 꺼내 꿀에 넣고 정성스럽게 섞는다. 이 보존액이 너무 많거나 적으면 효과를 보존할 수 없게 된다고 한다.

"이 양이라면 가져온 보존액으로는 한참 부족하네. 맥스웰 님…… 아니, 마리아 님, 코르티나──님과 함께 라움으로 돌아가서 약병을 가져와 주실 수 있나요? 보존액이 있는 장소는 코르티나 님이 알고 있으니까요."

"그래, 맡겨줘. 그리고 나도 코르티나랑 마찬가지로 반말로 해도 되는데?"

"그럴 수 없어요!"

"나는 괜찮은 거야?"

"너는 동료니까 괜찮아!"

평소의 만담을 시작한 코르티나와 트리시아 보건의. 그것을 곁눈질하며 마리아가 술식을 전개한다.

"가지러 가는 것만이라면, 맥스웰이라도 상관없지 않아?"

마리아는 전이 마법이 익숙하지 않다. 발동할 때까지 조금 시간이 걸리고 만다. 전투 중에는 쓰지 못할 정도로 아직은 이 마법에 익숙해지지 않았다.

그렇다면 맥스웰 쪽이 시간을 단축할 수 있지 않나? 나는 그렇게 생각해서 트리시아 보건의에게 물어봤다.

트리시아 보건의는 조제 중인 손을 멈추지 않고 내 물음에 답해주었다.

"그치만 그게, 내 집이잖아? 거기로 남자를 무단으로 들여보내기는 좀 그렇잖아?"

"아, 그렇구나. 일단 여자였으니까."

"그 말은 필요 없잖아?!"

우리가 시끄럽게 소란을 떨고 있는 사이에 전이의 발광 현상이 일어나, 마리아와 코르티나의 모습이 이 자리에서 사라졌다.

그동안도 여왕꽃은 트리시아 보건이의 조제 작업을 진기하다는 듯이 바라보고 있었다.

"그 약──."

"히익?! 뭐, 뭐야?"

갑자기 말을 걸어온 여왕꽃에게 경직된 목소리로 답하는 트리시아 보건의. 그래도 휘젓는 손은 멈추지 않는 것을 보면 확고한 직업의식의 소유자다.

이렇게 계속해서 휘젓는 것으로 일시적으로 보존약의 분량 부족을 얼버무릴 수가 있다고 한다. 물론 계속 젓고 있을 수는 없으니까 그 효과는 일시적이다.

"그 약이 있으면, 꿀의 효능…… 약효라고 하는가? 그것을 보존할 수 있는 것이냐?"

"에, 제가 아는 한은 유지할 수 있는데요……."

"그렇다면 그것으로 알라우네들에게 줄 꿀도 보존할 수 있는 것이더냐?"

"그건…… 알라우네가 어떤 약효를 필요로 하고 있는지를 모르니까, 뭐라고 말하기가…… 시험해 봐야 해요."

"호오, 그렇다면 많이 만들어 줄 수 있겠느냐? 아이들에게 주어서 시험해 보고 싶구나."

"예엣?!"

갑작스러운 제안에 트리시아 보건의는 눈을 동그랗게 뜨고 경악하고 있다. 하지만 여왕꽃이 말한 대로 꿀을 보존할 수 있으면 이번처럼 산으로 거처를 이동해도 한동안은 버틸 수 있다.

잘되면 이 값비싼 약을 계속해서 손에 넣을 수 있게 될지도 모른다.

"선생님, 만들 수 없어?"

"그야 코르티나가 추가 보존액을 가져와준다면 무리는 아니지만."

"그럼, 나눠주자."

"괜찮을까~?"

"니콜이 쓸 몫이 확보된다면 괜찮지 않겠느냐?"

여왕꽃의 꿀은 마력 해방을 강화하는 역할이 있다. 알라우네에서 종족 자체를 진화시키는 원천이라고도 할 수 있는 재료이니까, 그 정도의 약효가 있는 것은 납득이 가지만, 그것이 안정적으로 공급된다고 하면 엮이게 되는 이권도 상당히 골치 아프게 된다.

게다가 여왕꽃을 노리는 녀석들도 나타날지 모른다. 그래도 맥스웰은 느긋하게 그런 소리를 입에 담고 있다. 하지만 나는 알고 있다. 이 할아범은 노망난 영감처럼 보여도 그 실체는 국정에도 관여하는 수완가다. 그냥 이런 귀찮은 일을 떠맡을 리가 없다.

"너희가 사는 곳을 아는 악한들은 요전에 구축되었다. 이 자리에 너희가 있다는 사실을 아는 것은 우리와 극히 소수뿐이지. 존재를 감추는 것은 그리 어렵지 않을 테다."

"하지만 약에 관해서는 어떡하지? 안정적으로 공급할 수 있게 되면 반드시 타국이나 상인, 거기에 도둑놈들이 냄새를 맡고 돌아다니기 시작할 텐데."

돈 냄새에 민감한 상인과 도둑, 힘을 원하는 국가라면 마법사의 능력을 끌어올릴 수 있는 이 약에 군침을 흘리고 덤벼들 것이다.

그것을 언제까지고 감출 수 있다고는 생각하기 어렵디. 라이엘은 그것을 걱정하고 있었다.

"뭐, 그건 그거다. 내가 전매하면 그만인 게다. 덤으로 후견으로 가들스와 라이엘도 따라오겠느냐? 그리하면 마리아도 포함해서 실질적으로 네 명이 이 사업에 관여하게 된다. 게다가 나에게는 라움이라는 배경도 있지. 그럼에도 억지로 수작을 부리려는 인간은 그리 없지 않겠느냐?"

"한 나라를 통째로 적으로 돌리는 것만이 아니라 우리까지 적으로 돌린다. 확실히 지금 세상에서는 최악의 전개인데, 그건."

나라를 끌어들인 계략이 착착 진행되고 있다. 그것을 듣고 트리시아 보건의는 귀를 막고 고개를 젓고 있었다. 그 대신 꿀은 미쉘이 휘젓고 있다.

"아아, 듣기 싫어, 듣고 싶지 않아! 그런 수명이 줄어들 것 같은 이야기는 듣고 싶지 않아!"

"선생님, 제대로 저어야죠."

"미쉘이 해 주고 있으니까 괜찮아. 그리고 나는 팔이 아파서."

"직업 정신이 있다고 생각했는데, 철회하겠어요."

"아앗, 뭔지 모르겠지만 내 평가가 떨어졌어?!"

귀를 막던 주제에 우리 말에 제대로 반응해 주는 걸 보면 역시 듣고 있었잖아.

내가 그런 트리시아 보건의의 태도에 어이없어하고 있을 때, 다시금 발광 현상이 일어나고 마리아와 코르티나가 돌아왔다.

"기다렸지~. 약을 가져왔어."

"트리시아, 넌 집 좀 청소해. 맥스웰이랑 별 차이가 없잖아."

소란스러운 두 사람이 약병을 휴대용 자루에 담아 돌아왔다. 그것을 받고 마침내 내 치료약이 완성되었다.

완성한 약은 옅은 노란색이 섞인 유백색의 걸쭉한 액체였다. 나는 그것을 마시기 전에 트리시아 보건의에게 취급설명을 받았다.

"잘 들어. 이 약을 마시는 것만으로는 해방력이 늘어나지 않아."

"어? 그러면 도움이 안 되잖아."

"아니, 정확히 말하면 조금 다르려나. 해방력은 늘어나게 되지만, 그것을 효과적으로 활용할 수 없다고 할지……."

"단련이 필요해?"

"뭐, 그것에 가까우려나? 그 왜, 둑에 구멍을 뚫어도 거기로 물을 유도하지 않으면 물이 빠지지 않잖아. 그 유도에 익숙해질 필요가 있어. 그래서 처음에는 누군가가 보조해 줘야 한단 말이지."

검지를 세우고 나에게 설명하고 있는 모습은 꽤 의사 같다. 하지만 어째선지 그 태도에서 내 위기 감지 능력이 반응하고 있었다.

그래도 앞으로 남들만큼의 생활을 보내기 위해서는 이야기를 들어두어야만 한다.

"저기~…… 보조라니?"

"그렇지. 구체적으로 말하자면 몸에 쌓인 잉여 마력을 강제로 뽑아내 주는 거야."

"그런 일이 가능해?"

"가능해. 그러기 위해 해방력을 키우는 것이니까. 그래서 그 방법 말인데~."

거기서 트리시아 보건의는 씨익 심술궂은 웃음을 지었다. 나는 오한을 느껴 어깨를 감싸고 한 걸음 뒷걸음쳤다.

"그건 물론, 키스로 빨아내 주는 거야!"

"잠까안!"

저도 모르게 나는 크게 소리쳤다. 키스라고? 어째서 그런 것을 할 필요가 있지.

"마법을 쓰기 위해서는 키워드가 필요하잖아? 뭐, 마리아 님처럼 예외는 있지만."

"그야 분명 그렇지."

"정말, 반말로 해도 된다고 했는데……."

님을 붙여서 부르자 뺨을 부풀리는 마리아는 일단 무시하자. 트리시아 보건의의 설명 쪽이 중요하다.

가들스가 뭔가 날뛰려고 하는 라이엘을 붙잡아 주는 것도 보였다.

"즉, 마력은 대체로 입에서 나와. 입이랄까, 목소리를 형성하는 목이려나? 목소리에 마력을 싣는 것 같은? 그런 마법도 있잖아?"

"흠흠?"

확실히 갈드라고 불리는 마법 형태가 존재한다. 목소리 그 자체에 마력을 실어, 가사를 마법진 대용으로 삼아 마법을 완성한다.

그런 사례가 있어서 입에서 마력이 나온다는 이론에는 납득할 수가 있다.

"입에서 마력이 나온다면 그곳은 가장 마력이 흘러나오기 쉬운 장소라는 것이야. 그리고 타인이 마력을 끌어내기 위해서는, 마찬가지로 입을 사용하는 편이 마력을 잡기 쉽다는 것이야."

"흠? 으음?"

뭔가 잘 이해가 가지 않는 수수께끼 이론으로 날아가 버린 느낌이 든다.

"술식도 마법진도 없는데 마력이 공중으로 방출되면 축과증 따위의 병은 발병하지 않아. 마력은 기본적으로 몸에 머무르려는 성질이 있어. 그렇다면 몸에서 몸으로 이동시켜 주는 것이 더 편리해. 그래서 키스야!"

즉, 입에서 입으로 마력을 뽑고, 다른 사람의 몸으로 마력을 옮기기 위해서 직접 입을 맞추고 마력을 넘겨준다는 것인가?

너무 비약적으로 이야기가 엇나가서 미묘하게 납득하기 어렵지만.

"그런 이유로, 누가 니콜의 키스 상대가 되려나?"

실로 재미있다는 듯이 트리시아 보건의가 폭탄 발언을 했다. 그 말에 라이엘이 힘차게 손을 들었다.

"나! 나! 딸의 입술을 다른 놈에게 빼앗기게 둘 수는 없어! 여기서는 의지가 되는 아버지가 나설 때잖아?"

"이성과의 키스는 아직 일러. 역시 어머니인 내가 아닐까?"

"그건 기각."

치료 목적이라고 생각하면 마리아가 상대가 되는 것은 확실히 정론이다. 하지만 젖마저도 빨지 않았던 내가 입맞춤 같은 것을 할 수 있을 리가 없다.

"여보, 니콜이 쌀쌀맞아요!"

"벌써 부모의 품을 벗어날 시기인가…… 너무 이르지 않나?"

"그런 문제가 아니라. 애초에 두 사람은 마을로 돌아가는 일이 많잖아. 나는 언제 쓰러질지 모르고, 여차할 때 할 수 있어야 하니까. 이쪽에 사는 사람이 방법을 아는 게 좋아."

"음, 내 딸이지만 이 무슨 냉철한 분석력."

"확실히 당신을 닮지는 않았네요."

"커흑?!"

멋대로 충격을 받은 라이엘은 무시하기고, 이성…… 아니, 정신적 동성인 맥스웰이나 가들스는 제외. 남은 것은 트리시아 보건의와 코르티나, 레티나와 미셸, 피니아 정도인가.

"응, 레티나는 아니야."

"에∼ 어째서죠!"

"후작 영애와 키스했다고 소문이 돌았다가는 무슨 일이 일어날지 알 수가 없는걸."

그렇다, 이렇게 보여도 레티나는 이 나라 중진의 딸이다. 그런 아이에게 나쁜 소문이 돌게 할 수는 없다.

"그리고 트리시아 선생님도 힘들다. 항상 의무실에 틀어박혀 사니까."

픽픽 쓰러지고 마는 체질상 신속한 처치가 필요하니 상대가 멀리 있다는 것은 치명적이다. 그렇게 생각하면 같은 이유로 미쉘도 제외. 낮에는 옆에 있는 모험가 지원학교에 다니기 때문이다.

애초에 첫 키스 상대가 나라는 것이 불쌍하기도 하다.

"그렇게 되면 담임인 코르티나와 피니아가 타협점?"

"뭔가 팔리고 남은 것처럼 말하지 마. 뭐, 다른 의견은 없지만."

"다소, 소망이 섞여 있기도 해."

"응, 뭐라고 했어?"

"아무것도 아니야."

과거 고백했던 상대에게 당당히 입맞춤할 기회를 얻은 것이다.

다소…… 아니, 상당히 비겁하다는 생각이 들기도 하지만 나로서는 이 기회를 놓치고 싶지는않다. 다소, 아니 너무 한심하다는 생각이 들지만.

"그러면 방법을 알려줄게. 우선 혀에 이 꿀을 발라. 그리고 입을 맞추고, 혀와 혀를 맞대는 거야. 그 뒤로는 멋대로 포화량이 적은 쪽으로 마력이 흘러들 테니까."

"이 꿀, 한 번만 마시는 게 아니네?"

"해방력을 키우는 역할도 있으니까 말이지. 몇 번인가 먹으면서, 몸에 익숙해지게 해."

"그렇구나."

나는 트리시아 보건의에게서 꿀을 받아 조심조심 혀에 발라 봤다.

그러자 강한 꽃향기와 함께 저리는 듯한 자극이 혀에 퍼졌다. 나아가 열기 같은 따뜻함도 느껴진다.

"그러면, 간다…… 뭔가 두근거리네."

내 뺨에 양손을 올리고 살짝 뺨을 물들인 코르티나의 얼굴이 다가온다. 코르티나에게는 절친의 딸에게 키스하는 정도라, 애완동물에게 입맞춤하는 것과 비슷한 느낌일지도 모른다.

하지만 나로서는 지난 생에서 가져온 숙원이기도 하다. 심장이 쿵쿵 날뛰기 시작해서 저도 모르게 가슴팍을 강하게 붙잡고 말았다.

"자, 긴장하지 마. 간다~ 음."

조금 쑥스러워하는 듯한 코르티나의 입술이 포개진다.

바로 매끄럽게 따뜻한 혀가 파고들어, 내 혀를 찾기 시작한다.

이변이 일어난 것은 그 직후였다.

마치 척추에서 신경을 잡아뽑는 듯 강렬한 자극. 너무나 강한 자극에, 아픈 것인지 저린 것인지 전혀 분간할 수 없다.

"읍?! 응으읏!"

나는 전신이 빳빳하게 굳어 움찔움찔 경련한다. 뭔지 모르겠는 감각에 농락당해, 경련하고, 경직되고, 이윽고 힘이 빠진다.

그 무렵이 되어서 마침내 코르티나는 입술을 떼었다.

"푸하. 어떠려나. 니콜?"

"하으, 에으으."

신체의 권태감은 확실히 사라졌다. 하지만 나는 다른 감각에 농락당해 대답할 수가 없었다. 이런 행위를 앞으로 빈번하게 할 필요가 있는 것인가?

"됐어? 그러면 그걸 매일 아침 반복해 줘."

"매일?!"

"그야 그렇지. 약도 매일 먹잖아?"

"웃, 그렇지만…… 니콜이 이런 상태여서는, 부담이 너무 크지 않아?"

"재활훈련 같은 것이니까 말이지. 조만간 익숙해질 거야."

트리시아 보건의는 대수롭지 않게 말하지만, 내 다리는 힘이 완전히 빠진 상태였다. 바닥에 휘청휘청 주저앉으며, 환청처럼 주위의 소란이 들려온다.

"아아, 니콜이, 니콜이 더럽혀지고 말았어엇!"

"잠깐, 거기! 이상한 소리 하지 마!"

"아, 그래도 조금은 암컷의 얼굴을 하고 있을지도?"

"마리아, 무슨 소리를 하는 거야, 너도?!"

코르티나와 라이엘 등은 큰 소동을 벌이고 있다. 이것을 나는, 매일 반복해야만 한다.

건강해지기 위해서라고는 해도, 앞으로 나는 괜찮은 것일까? 체력적으로도, 정신적으로도 상당히 힘이 든다.

앞으로의 매일을 떠올리며 나는 한숨을 내쉴 수밖에 없었다.

빠직. 불타고 남은 찌꺼기를 장신의 남자가 밟아 부쉈다.

오래돼 버려진 민가가 한 채. 그곳이 불탄 것은 이틀 전 일이다.

맥스웰은 그 현장검증을 위해 방문해 있었다.

"거참, 하루가 지나 조사라니. 일손이 부족하구나. 내가 한 명 더 있으면 좋을 정도지 뭐냐."

중얼중얼 혼잣말로 투덜거리며 이제는 폐가로 변한 민가로 발을 들였다.

이번에는 부하를 데려오지 않았다. 위사대에 노예상인과 내통한 자가 나온 지 얼마 안 되어서 재편이 아직 끝나지 않았기 때문이다. 코르티나도 이번에는 니콜을 간호하려고 곁에 있다 보니 동행할 수가 없었다.

민가──유괴범의 은신처는 거의 다 불탔다. 하지만 불이 다 번지기 전에 꺼서 주변에 피해는 없었다.

라움에 소화 활동에도 도움이 되는 물 속성 마법을 쓸 수 있는 사람이 많이 있는 것도 관계가 없지는 않다. 마법 도시의 이름값을 했다고 할 수 있다.

이 민가도 목재 부분은 거의 탔지만 돌을 쌓은 부분은 남아 있다.

"피해자는 다섯 명. 한 명은 목이 잘렸고, 한 명은 동체가 양단. 나머지 세 명은 자상이 치명상인가. 마치스 양의 증언으로는 어린아이 같은 자가 범인이라고 하는데……."

살해당한 유괴범 중에는 몸통이 두 동강 난 자까지 있다. 어린아이가 할 수 있는 소행이 아니다.

"드워프가 범인이 아니었을까?"

몸집이 작은 드워프라면 어린아이로 착각해도 이상하지 않다. 아니, 풍체가 너무 달라서 아무리 그래도 있을 수 없다고 고개를 저어 부정했다.

농담을 내뱉으며 1층 복도를 나아가 문을 열었다.

좁은 방 안에 깔렸던 천을 걷어내니 목이 없는 불에 탄 시체가 누워 있었다.

"숯덩이로구나. 화장실 안에서 목이 잘리고, 몸은 바싹 구워졌어. 이렇게 죽고 싶지는 않군."

천을 덮어두었던 것은 앞서 조사했던 부하가 시신의 손상을 막으려고 한 것이다.

그때 맥스웰은 문에 생긴 기묘한 상흔을 발견했다.

"흠, 쓸렸다고 할지, 베인 것처럼 되어 있는데."

문의 일부, 문에 뚫린 구멍에 희미하게 남은, 베인 것 같은 상흔. 맥스웰은 이것을 본 기억이 있었다.

"이것, 마치…… 실인지 뭔지를 걸쳐서 잡아당긴 듯한……."

거기서 맥스웰은 유괴범의 발에 있던 은발을 떠올렸다.

아무리 그래도 머리카락으로는 이런 상흔은 남길 수 없지만, 그 색과 문의 상흔이 다른 광경을 떠올리게 했다.

"그렇지, 레이드의 암살술 자국도 이런 느낌이었던가……."

그리고 불에 탄 자국을 남김없이 조사해 본 결과, 비슷한 상흔이 여러 곳에서 발견되었다. 양단되어 창밖에 방치되어 있던 사체는 창문 사이에 강사를 펼친 함정에 당한 것이었다고 판명했다.

범인은 틀림없이, 실—— 그것도 강사를 사용한 암살을 시행하고 있다.

"틀림없다! 이 흔적——."

실을 사용한 암살. 함정을 설치해 사람을 양단하는 수법. 틀림없이 옛 전우의 방식이다. 그래도 맥스웰은 석연치가 않았다.

"그렇다면 어찌하여 우리 앞에 나타나지 않는 게지?"

다시 태어났다면 금방이라도 눈앞에 나타나도 이상하지 않다. 그 정도로는 서로 신뢰하고, 함께 사선을 헤친 사이였다.

마치스의 증언에 의하면 아직 어린아이겠지만, 그래도 그 정도 일을 신경 쓸 만큼 섬세한 남자는 아니었다.

그렇다면 다른, 모종의 이유가 있을 것이다. 전우의 앞에 모습을 드러내지 못할 정도로 심각한 이유가.

그것에 불온한 무언가를 느끼고, 맥스웰은 고개를 젓고 의심을 떨쳐냈다.

"뭐 좋다. 만약 레이드 짓이라고 한다면, 추적하지 않도록 손을 써야겠지."

이번 사건, 유괴범은 당연하고 그들을 암살한 상대도 법을 위반한 것은 틀림없다. 앞으로 수배되는 것은 피하지 못한다.

하지만 그것이 레이드라면 맥스웰로서는 방치할 수는 없다.

"레이드의 수배서가 나왔다는 것이 알려지면 코르티나에게 무슨 짓을 당할지 짐작도 가지 않으니 말이다."

레이드의 부활. 그것을 확신하고 표정이 풀어지는 맥스웰. 과거의 소란이 돌아온다고 생각하면 웃음을 참을 수가 없었다.

레이드에게 구원을 요청하라는 지시를 받은 코르티나는, 그대로 고아원이 있는 교회에서 뛰쳐나갔다.

라이엘과 마리아가 사는 마을까지의 거리는 10킬로미터가 가뿐하게 넘는다. 평범하게 뛰어가면 확실하게 제시간에 맞추지 못한다. 그래서 코르티나는 자신에게 카고(하역) 마법을 걸어, 전력으로 질주했다.

이 마법은 술사의 피로를 경감시켜 단순한 작업을 끊임없이 하려고 개발된 노동용 마법이다.

마물 조종계에 속해 자신의 몸을 골렘처럼 조작해서 피로를 경감하는 마법이다.

하지만 이 마법에도 난점은 있다.

첫 번째로 단순한 행동밖에 서포트할 수 없다. 두 번째는 술사 자신에게만 걸 수 있다.

그런 탓에 노동용으로 개발되었음에도 육체 노동에 종사하는 일이 적은 마술사만 쓸 수 있다는 이유로 잘 보급되지 않은 마법이기도 했다.

하지만 이런 상황에서는 이용 가치가 크게 상승한다.

말을 사용한다는 선택지도 있었지만 마법으로 보조해서 전력 질주하는 코르티나와 아무런 보조도 없는 말로 장거리를 끝까지 달리는 것을 비교한 경우, 코르티나가 달리는 편이 빠르다.

"기다려, 레이드—— 금방 도움을 요청할 테니까!"

그래도 계산으로는 30분 정도의 시간이 필요하다. 그것은 레이드가 견딜 수 있을지 없을지, 아슬아슬한 시간이기도 했다.

밤길을 달려서 라이엘의 자택에 도착할 무렵, 코르티나는 땀투성이가 되어 있었다.

아무리 마법으로 서포트하고 있다고 해도 육체에 걸리는 부담까지 없앨 수 없다. 카고 마법으로는 피로를 얼버무리는 정도의 효과밖에 없다.

그래도 비명 같은 소리를 지르며 도움을 요청하는 코르티나의 모습에 범상치 않은 상황임을 눈치챈 마리아는, 곧바로 애용하는 지팡이만을 들고 집을 뛰쳐나왔다.

라이엘도 전투를 상정하고 검과 흉갑만을 챙겨서 말에 올라타 뒤를 쫓았지만 이쪽은 역시 늦을 것 같다.

대략 30분의 시간을 들여 코르티나가 고아원으로 돌아왔을 때, 전투는 이미 끝나 있었다.

현장에는 쓰러진 마신과 다리가 풀린 어린아이들, 그리고 피투성이가 된 레이드의 모습이 남아 있었다.

한 아이가 레이드에게 달라붙어 울고 있고 그 뺨을 레이드가 닦고 있다. 하지만 그 손도 코르티나가 달려가는 것과 동시에 힘을 잃고, 털썩 떨어졌다.

"레이드?!"

상황은 절망적. 레이드가 생존했을 가능성은 없다. 자신의 냉정한 부분이 그런 비극을 인식하게 하지만 코르티나는 고개를 흔들어 부정했다.

뒤따라오고 있는 마리아는 코르티나만큼 발이 빠르지 않아서 아직 도착하지 않았다.

"레이드, 기다려, 아직 죽지 마!"

매달려 있던 소녀를 밀쳐내고 레이드에게 달려가 치유 마법을 발동하는 코르티나. 밀쳐진 소녀가 마치 터무니없는 짓을 저지르고 말았다고 깨달은 것처럼 절망적인 표정을 짓고 있다.

하지만 코르티나는 그런 것을 신경 쓸 때가 아니었다. 주위 상황 파악도 포기하고 레이드에게 계속해서 치유 마법을 건다. 하지만 코르티나가 사용하는 치유 마법은 심각한 부상을 낫게 할 정도로 뛰어나지 않았다.

그리고 무엇보다—— 죽은 사람에게는 치유 마법이 통하지 않는다.

"싫어, 거짓말…… 싫어, 일어나! 레이드, 눈을 떠!"

이미 주문의 유지를 포기하고 그저 어린아이가 떼를 쓰는 것처럼 매달린다. 그때 마침내 마리아도 급하게 도착했다.

"물러나!"

"마리아, 하지만."

"물러나 있어! 이것은 내 영역이야."

그렇다. 마리아라면⋯⋯ 죽은 사람을 되살릴 수 있을지도 모른다. 자신도 그런 일은 불가능하다고 머릿속으로 이해하고 있으면서도 그 희망에 매달린다. 의지하고 싶었다.

죽은 자를 되살리는 마법은 금기여서 성녀로 불리는 마리아조차 습득하지 않았다. 소생은 불가능. 자신의 냉정한 부분이 그렇게 지적한다──그것이 견딜 수 없을 정도로 역겹다.

"마리아⋯⋯ 저기, 괘, 괜찮은 거지?"

"아니⋯⋯."

내 물음에, 마리아가 가장 듣고 싶지 않은 대답을 했다.

상상은 하고 있었다. 인정하고 싶지 않았다.

털썩 무릎에서 힘이 빠지고, 그 자리에 주저앉고 말았다.

"안 돼⋯⋯. 아직 사과하지 않았는데. 고집을 부려서 미안하다고⋯⋯ 대답하지 않았는데. '좋아한다'고⋯⋯."

레이드가 한 프러포즈, 사실은 하늘로 날아오를 만큼 기뻤다. 하지만 주위 시선을 신경 써서 무심코 거절하고 말았다. 그것을 사과하지 않았다. 레이드에게 사과해야만 한다.

절망으로 눈앞이 캄캄해진다. 하지만 마리아는 달랐던 모양이다.

"어?"

이미 사망한 상태에서 아직 손을 쓸 수 있다는 것인가?

마리아의 말에 한 줄기 희망을 발견한 기분으로 고개를 들었다.

"확실성은 없어. 즉효성도 없어. 하지만 리인카네이션(환생) 마법이라면……."

"그건 전설로만 존재하는 거 아니야?"

"일단 실존해. 레이드가 아니라 레이드였던 누군가가 되어버리 겠지만."

"그래도…… 그래도 좋아! 그가 내 곁으로 돌아와 준다면――."

"돌아온다는 보장도 없는데?"

"그래도!"

어린아이처럼 소리친다.

그것을 확인하고 마리아는 최종 오의인 마법을 발동했다.

그 사건이 있은 뒤로 1년이 지났다.

마리아의 마법이 성공했다는 이야기는 들었다. 이 세계의 어딘 가에 레이드가 태어날 밑바탕이 만들어졌을 것이다.

하지만 그 소식은 아직 들리지 않는다.

5년이 지났다.

아직 레이드는 나타나지 않는다. 어쩌면 이미 태어났을지도 모르는데.

10년이 지났다.

이쯤에서 마침내, 자신과 다시 만나지 못할지도 모른다는 사실을 깨달았다.

이 세계는 넓다. 태어나고 얼마 되지 않은 레이드가 자신에게 돌아올 가능성은 그야말로 한없이 0에 가깝다.

이 얼마나 멍청한가. 그런 자신에게 절망했다.

최근에는 음주량도 늘고 생활도 엉망이 되었다.

레이드를 찾지만 그것이 이룰 수 없는 일이라고 받아들이기 시작하고 있다.

피폐해진 자신과 반대로 마리아에게 아이가 태어났다는 보고를 받았다.

절친의 출산을 기쁘게도 생각하고, 그러면서 조금이지만 질투하는 마음도 자각했다.

마리아는 행복한 인생을 보내고 있다. 자신을 그렇게 타이르고 축복의 말을 보내 두었다.

"적군과의 전력 차이는 2할 이상. 물론 아군이 열세. 전장은 평원. 이 상황에서 취할 수 있는 전술을 답하도록."

맥스웰이 이사장을 맡고 있는 마술학원. 거기서 지금 코르티나는 교편을 잡고 있다.

칠판에 난잡하게 약도를 그리고 학생에게 전술을 가르친다. 마술사는 전장에서도 후방으로 물러나 있는 일이 많아, 그 덕분에 전장의 상황을 가장 냉정하게 살필 수 있다.

소수가 싸우는 자리라면 더욱 그렇다. 그렇기에 전술은 필수 과목이기도 하다.

코르티나의 출제에 한 명의 학생이 손을 들어 답을 말했다.

"예, 수적 열세인 상황이라면 정면에서 싸우는 것은 불리합니다. 전장이 평원이기도 하니까 방추진형으로 돌파한 뒤 적장을 격파하는 것이 효과적이라고 봅니다."

"틀렸어. 적이 마찬가지로 중앙을 두껍게 했다면 소모전으로 넘어가게 되잖아. 그렇게 되면 승산은 없어. 오히려 그것이야말로 적의 노림수일지도 몰라. 이 경우 사행진을 펼쳐 적 좌익 혹은 우익부터 소모하게 하는 것이 정답이지. 항상 적보다 많은 전력으로 맞서서 이쪽의 소모를 줄이고 적을 소모하게 할 것."

"하지만, 그 경우 적도 이쪽에 대항하지 않겠습니까?"

"그럼 적의 이동하는 곳보다 더욱 바깥쪽을 깎아내도록 해. 아니면 반대쪽으로 전력을 이동해. 무엇보다도 상황을 정확하게 인식하고, 항상 주도권을 잃지 않는 것이 중요해."

내치듯이 칠판을 탁 치는 코르티나. 살짝 탁한 눈동자로 응시당한 학생은, 그 이상 반론하지 못하고 맥없이 자리에 앉았다.

여기서 교편을 잡기 시작하고 10년 가까이 지났다.

육영웅의 칭호를 지닌 자신의 교과를 선택해 주는 학생은 수없이 많았다.

하지만 어딘가 무성의한, 그리고 냉철한 표정을 짓는 코르티나에게, 학생들은 점차 거리를 벌리기 시작하게 된다.

코르티나 자신도 교사가 이런 태도여서는 안 된다는 걸 안다. 하지만 그 태도를 개선할 수가 없다.

레이드가 없는 세계는, 마치 색을 잃은 것처럼 열의를 빼앗아 갔기에.

"그래도 여기는 의무실이야. 누가 술 같은 걸 가져와."

"그렇게 말하면서 가장 먼저 술병을 따는 건 너잖아. 아무래도 스트레스가 쌓였어. 좀 어울려 줘."

"그거, 내 앞에서 말해도 되는 것이냐?"

학원 의무실. 학생이 거의 오지 않는 장소에서 트리시아와 코르티나, 맥스웰은 다과회를 하는 중이었다. 어디까지나 다과회다.

"이대로 마실 리가 없잖아. 나는 이 뒤에도 강의가 있으니까."

"아니, 애초에 보통은 마시지 않잖아?"

"차에 풍미를 더하는 정도야. 냄새조차 남지 않아."

"학원에서 술을 마시지 말라고 했거늘."

의자에 다리를 꼬고 앉아 알코올이 들어간 차를 들이켜는 코르티나를 보고, 맥스웰은 한숨을 쉬지 않을 수가 없었다.

그 손에는 차조차 섞이지 않은, 술만이 담긴 컵이 있었다.

"그것은 그렇다 치고, 코르티나. 넌 학생들의 평판이 좋지 않더구나."

"그래? 신경 쓰지 않지만."

"조금은 신경 쓰도록 해라. 다가가기 어려워서 질문하러 가지도 못하겠다며 나에게 불평이 올라오고 있다."

"물어보면 대답해 줘. 그 녀석이 배짱이 없는 걸 내 탓으로 돌리지 마."

"그 무뚝뚝한 태도가 문제라고 말하고 있는 것을——."

레이드가 죽은 뒤로 코르티나의 쾌활했던 분위기는 자취를 감추었다. 학생들을 대하는 태도에서도 살짝 까칠함이 느껴진다.

무의식적으로 주변에서 사람을 밀어내려 하는 경향마저 있다. 그래도 학원에서 계속 근무하고 있는 것은, 맥스웰에 대한 의리라고 해야 할까.

사룡의 소재라는 큰돈을 가진 코르티나라면, 그럴 마음만 먹으면 죽을 때까지 집에 틀어박혀 사는 것도 가능하다. 애초에 그런 상황이면 맥스웰도 진심으로 끌어내려고 할 것이다.

이렇게 교사가 되어 밖으로 나와 주니까 지금도 상태를 계속 지켜보고 있는 것이다.

"트리시아, 너도 함께 마셔서 어쩌려는 게냐?"

"그치만 학원 안에서 여기가 가장 술 냄새를 지울 수 있는 장소잖아요."

소독약의 냄새가 자욱한 의무실. 그중에는 알코올을 이용한 소독약도 있다. 그래서 술 냄새도 많이 묻힌다.

"설마 그것을 노리고 보건의가 된 것이 아니겠지?"

"서, 설마 그런 일이, 있을 리가, 없지 않나요?"

"어째서 고개를 갸우뚱하는 게냐. 정말이지 너희도 참……."

트리시아는 원래 기사 계급을 가진 상급시민으로, 학원에 오기 전에는 의무병으로 종군했던 경력이 있다. 당시의 능력 평가는 가장 좋았던지라 학원에서 채용한 것인데, 아무래도 어마어마한 내숭을 떨고 있었던 모양이다.

그 근무 태도도 예상 밖이었지만 맥스웰로서는 감사하는 면도 있다.

덕분에 코르티나도 긴장을 풀 장소가 생겼기 때문이다. 코르티나가 과거의 관계를 모조리 내팽개치지 않고 이렇게 관계를 유지해 주는 것은 트리시아가 원인 중 하나일 가능성이 있다.

그런 점에서 맥스웰은 트리시아를 고용한 의의가 있다고 생각했다.

그리고 그날부터 17년째.

맥스웰이 코르티나를 불러낸 것은, 그런 날이었다.

마리아의 딸이 라움으로 온다. 그것을 코르티나가 맞이하라는 이야기였다.

생활은 이미 피폐해지고 마음이 맞는 보건의와 함께 방종한 생활을 보내는 나날. 그런데도 절친의 아이를 맡기겠다는 하니까, 원래라면 제정신으로 할 수 있는 짓이 아니라고 생각한다.

하지만 맥스웰은 과거의 코르티나를 알고 있다. 원래는 밝고, 남을 돌보기를 좋아하는 아이이다.

마리아의 딸이 원래 모습을 되찾는 계기가 되면 좋겠다. 그렇게 생각하고 라이엘의 제안을 받아들인 것이다.

"그래, 마리아의 딸이 벌써 일곱 살이 되는구나……."

"간섭계 마법의 기프트가 있다고 하는구나. 더군다나 권력자가 눈독을 들이고 있다. 고향에 데리고 있는 것은 위험하다고 판단했을 테지."

"맥스웰, 네가 보호하는 건 나쁜 수가 아니야. 하지만 오래는 얼버무릴 수 없을 텐데?"

"나도 어떤 의미로 권력자이니 말이다. 학원에 재적하는 기간에나 대의명분이 통할 테지."

"그때까지 자기 힘으로 몸을 지킬 만큼 단련해 주라는 거구나."

맥스웰에게 설득되고 나서 며칠 뒤, 코르티나는 다시금 맥스웰을 찾아왔다.

코르티나에게 승낙받고 정식으로 니콜과 미셸의 입학원서를 심사하기 위해서다.

그 서류에는 두 사람의 능력…… 실제로는 본인들이 자진 신고한 능력이 실려 있었다.

"뭐, 이 정도인가. 다른 한 명은 사격 기프트 보유자로구나. 이쪽도 지원학교 쪽에 편입할 예정이다."

"그런 변경에서 용케도 참 유용한 기프트 보유자가 둘이나 태어났네."

"그쪽은 가족이 모두 이주하게 되었다. 너희 집 근처에 한 채 더 준비해 주마. 괜찮다, 보조금을 쓰면 문제는 없을 테니."

"멋대로 학원의 보조금을 쓰지 마. 위법 아니야, 그거?"

"흥, 귀족 놈들에게 밥을 주려고 호화로운 식당을 만들게 하는 것보다 훨씬 유용하다."

여전히 가시가 있는 말. 하지만 이제까지는 없었던 활력이 느껴졌다.

절친의 딸을 맡게 되어서 집을 정리하고, 방을 준비하는 사이에 다소는 기분이 풀린 모양이다.

　코르티나의 집에 맞이하는 것은 일곱 살짜리 여자아이와 그 고용인. 한창 귀여울 때의 어린아이다. 신뢰해 주는 라이엘과 마리아에게는 미안하지만, 방종하게 생활하는 코르티나를 마구 휘둘러 준다면 슬픔의 감정도 흐릿해질 것이라는 계산도 있었다.

　그리고 다른 한 명인 고용인의 이름도 의미가 있다.

　레이드가 구했던 고아 중 한 명. 그 자리에 코르티나와 함께 있었던 소녀였다. 조사 결과, 그녀는 코르티나와도 면식이 있다고 했다.

　그 정보는 마리아에게도 들었는데, 코르티나와 슬픔을 공유하는 동지이기도 하다고 알려줬다.

　어린아이가 시끌벅적하게 집을 휘젓고, 같은 슬픔을 가진 소녀와 서로 보듬어 준다. 그럴 수만 있다면 코르티나의 마음에 생긴 상처도 조금은 치유되어주지 않을까 하고 기대했다.

　"뭐 좋아. 그쪽은 네가 잘 진행해 줘."

　"맡겨 두어라."

　기프트 보유자라는 것도 이 경우 형편이 좋다. 장학생 취급으로 기부금을 그쪽으로 나눠주도록, 빠르게 서류를 준비했다.

　그렇게 착착 받아들일 태세를 갖추고, 니콜 일행이 라움에 도착하는 날이 찾아왔다.

마중을 나간 코르티나는 힘을 너무 줘서 말을 놀라게 하고 말았지만, 곧바로 새너티(평정)를 사용해 진정시켰다.

　그리고 이 아이다 싶은 아이를 보고 코르티나는 경악했다.

　마리아를 닮은 청은색 머리카락, 신비로운 오드아이. 그리고 어리지만 단정한 용모.

　마치 정밀한 인형 같은 완성된 미모. 무엇보다도—— 길고 윤기가 나는 머리카락은 레이드가 쓰던 미스릴 실을 떠올리게 했다.

　——아아, 이 아이는…… 레이드를 떠올리게 해 줘.

　말로는 나오지 않는 감동이 코르티나를 감싼다. 동시에 이 아이와 지내면 자신의 마음이 치유될 것이라고, 어째선지 확신할 수 있었다.

　니콜이, 그 머리카락이 레이드와의 연결처럼 느껴졌으니까.

　마치 운명의 사람과 만난 것처럼 굳었던 코르티나도 곧바로 제정신을 차리고 가장 먼저 입을 열었다.

　아무 일도 없었던 것처럼 표정을 꾸미고, 여유를 갖고 과거의 자신이 보였던 것 같은 발랄한 목소리로 말한다.

　"잘 왔어! 네가 니콜이구나?"

후기

오랜만입니다. 경사스럽게도 2권을 여러분께 전할 수 있어서 흥분 상태입니다. 카부라기입니다.

듣자니 1권도 판매량이 호조라는 모양이라 사 주신 여러분께는 뭐라고 감사를 드려야 할지 모르겠습니다.

이제 2권입니다만, 마침내 니콜도 자신의 강화를 위한 첫걸음을 내디딘 셈이네요.

이제부터 어떤 식으로 강해져 갈지 여러모로 시행착오를 시킬 예정이니 기대해 주세요.

그리고 2권부터는 조금씩 등장인물이 늘어납니다. 레티나, 가들스, 클라우드, 트리시아, 마치스까지.

설마 마치스까지 일러스트로 그려주실 줄은 생각도 못 했습니다. 지난번의 하얀 신님은 제 고집으로 끼워 넣어 주셨습니다만 아키타 선생님은 항상 다양한 캐릭터를 그려주셔서 저도 매번 기대하고 있습니다.

마치스는 표지를 장식해도 이상하지 않을 정도로 귀여워서, '어, 이래도 돼?! 니콜 먹혀 버리지 않나?' 하고 진지하게 생각하고 말았을 정도입니다.

그런 걱정이 날아갈 정도로 멋진 니콜의 모습에 안심하고 가슴을 쓸어내리기도 했습니다.

새로운 등장인물 중에서도 레티나와 클라우드는 출연도 많아서 저로서도 신경이 쓰이는 부분이었습니다.

레티나는 작업 중에 달라붙는 고양이처럼 사람 속을 긁으면서도 귀여운 면을, 클라우드는 강아지 같은 사랑스러움을. 그런 두 사람의 매력이 그야말로 상상한 그대로 재현되었습니다.

아키타 선생님의 실력은 정말 대단하다고 말할 수밖에 없네요!

두 사람은 앞으로도 출연이 많아질 테니 마음에 드신 분은 앞으로도 기대해 주십시오.

자, 다른 이야기입니다만 사실 저는 '이름을 붙인다'거나 '타이틀을 생각하는 행위가 몹시 쥐약입니다.

스포일러가 가득한 이 작품의 타이틀에서도 상상할 수 있겠습니다만, 본편을 쓰면서 고민한 적도 있습니다.

평소에는 가까이에 있는 천사나 악마, 신의 이름 등을 유용하거나, 모 구단의 용병 이름을 이용하거나 하고 있습니다. T라든지 C 팀이 좋아서 자주 시합을 봅니다.

이번에도 클라우드의 이름으로 고민하던 차에 어떤 방송인의 이름을 보고, 그러고 보니까 모 마지막이고 환상인 대작 게임에서도 '그런 이름이 있었구나'하고 생각이 이르러서 이 이름을 붙였습니다.

따라서 이름이 같은 모 게임이나 인물과는 전혀 관계가 없음을 이 자리에서 명언합니다. 여장하거나 잘라버린다고 하거나 으깨 버린다고 하거나 하고 협박했던 그와는 전혀 관계가 없습니다. 정말입니다.

앞으로도 적당한 이름의 캐릭터가 나오면 '아아, 고민했구나~.' 하고 눈치채 주시면 기쁘겠습니다.

그럼 마지막으로 이 책을 출판할 때 온 힘을 다해 주신 담당자님 과 KADOKAWA 관계자님께 감사를.

그리고 이번에도 멋진 일러스트를 제공해 주신 아키타 님, 팬레 터를 보내주신 O 씨, 정말 감사합니다. 니콜 일러스트가 대단히 귀여웠어요!

그러면 3권에서 또 만나요.

카부라기 하루카

영웅의 딸로 환생한 영웅은 다시 영웅을 꿈꾼다 2

2022년 12월 20일 제1판 인쇄
2023년 01월 02일 제1판 발행

지음 카부라기 하루카 | **일러스트** 아키타 히카

발행 영상출판미디어(주) | **등록번호** 제 2002-000003호
주소 21315 인천광역시 부평구 부평대로 283 A동 702호
전화 032-505-2973(代) | **FAX** 032-505-2982

ISBN 979-11-380-2155-5
ISBN 979-11-380-1565-3 (세트)

EIYU NO MUSUME TOSHITE UMAREKAWATTA EIYU WA FUTATABI EIYU O MEZASU Vol. 2
ⒸHaruka Kaburagi, Hika Akita 2018
First published in Japan in 2018 by KADOKAWA CORPORATION, Tokyo.
Korean translation rights arranged with KADOKAWA CORPORATION, Tokyo.

구매 시 파손된 도서는 구매처에서 교환하실 수 있습니다.
기타 불편사항, 문의사항이 있으신 독자님께서는 노블엔진 홈페이지 [http://novelengine.com] 에서
Q&A 게시판을 이용해 주시기 바랍니다.

노블엔진(NOVEL ENGINE)은 영상출판미디어(주)의 라이트노벨 및 관련서적 브랜드입니다.